Libro 1. ¿Otro mundo o no? ¡El juicio real empieza!

Serie «Camelot. Singularidad 20-01. O las aventuras de tres chicas en otro mundo»

Elena Kryuchkova

Traducido por Mariano Bas

Elena Kryuchkova

Camelot. Singularidad 20-01. O las aventuras de tres chicas en otro mundo

Libro 1

Arthuria, Marilyn y Lancitel son tres amigas que forman parte de un grupo musical aficionado. Se dirigen al Festival de Bandas de Aficionados. Pero su autobús se ha quedado atrapado en un atasco y las jóvenes van a llegar tarde al festival. Tras bajarse del autobús, deciden tomar un atajo por un pequeño bosque… ¡Sorprendentemente para ellas, se pierden y se encuentran en un denso bosque, como si entraran en las páginas de un libro de fantasía!

En el bosque, las muchachas se encuentran con la adivina Viviane y descubren que están en las cercanías de Camelot, la legendaria ciudad antigua gobernada por el rey Uther Pendragon. ¡Y no solo en un tiempo lejano, sino también en una realidad lejana! Arthuria, Marilyn y Lancitel se encuentran en la Singularidad 20-01, en un mundo en el que la historia de la evolución de la Tierra siguió un curso ligeramente distinto. Al menos eso es lo que les dice el interfaz de una misteriosa aplicación cuyo panel de control ha aparecido ante sus ojos…

¿Qué pasará a las chicas en un mundo nuevo y completamente desconocido para ellas? ¿Qué aventuras les esperan? ¿Qué es el interfaz que ha aparecido ante sus ojos? ¿Y cómo acabará el Juicio Real que ha decidido realizar el rey Uther Pendragon, gobernante de Camelot?

Esta historia es una ficción y cualquier similitud con personas reales es una coincidencia.

Los personajes de la mitología también se han cambiado; sus caracteres, relaciones y vínculos familiares son ficción. La historia es completamente ficticia.

Libro 1. ¿Otro mundo o no? ¡El juicio real empieza!

Parte 1. ¿Otro mundo o no?

Capítulo 1. ¿Han ido las protagonistas al pasado? ¿O no?

—Entonces, chicas, alguna idea: ¿Dónde estamos exactamente? —preguntó una veinteañera y la chica más normal de pelo rubio a la que sus amigas llamaban Arthuria. Colocó la funda de la guitarra eléctrica que había estado sosteniendo en el suelo y se apoyó en el tronco de un árbol.

Sus padres eran entusiastas de la leyenda del rey Arturo. E incluso habían bautizado a su hija con el nombre de su personaje favorito.

—No, ninguna —contestó entretanto una de sus amigas, una guapa chica rubia llamada Marilyn, dejando también en el suelo la funda de la guitarra eléctrica que había sostenido en sus manos.

Sus padres eran actores de reparto. Y siempre habían soñado con hacer de su hija una gran actriz. Incluso le habían dado el nombre de una de las más grandes actrices de la historia. Aunque a la chica le gustaban las matemáticas y la mecánica. Pero, debido a la insistencia de sus padres, seguía estudiando para ser actriz.

—¡Estamos en el pasado! ¡O estamos en otro mundo! ¡Esto es obra de los reptiloides del espacio exterior! —exclamó entretanto la tercera amiga, una chica de pelo oscuro llamada Lancitel. Estaba gesticulando emotivamente con sus manos y el hecho de que estuviera sosteniendo una pesada maleta en ese momento no le molestaba en absoluto.

Sus padres eran entusiastas de los elfos y ocultistas. Probablemente no era sorprendente que Lancitel también leyera las cartas del tarot e hiciera horóscopos. También conocía varios mitos y creía en los reptiloides del espacio exterior.

—¡Oh, Lancitel, cálmate! ¡Los reptiloides… no existen! —dijeron suspirando Arthuria y Marilyn el unísono—. ¡Y deja ya la maleta en el suelo! ¡Nos vas a golpear!

—¡No, eso no es verdad! ¡Los reptiloides existen! ¡Y cuando hice el horóscopo, vi la influencia de Mercurio retrógrado sobre nuestros destinos! ¡Y las cartas del tarot mostraban un largo camino y un montón de dificultades en la vida! —Lancitel señaló expresivamente al cielo con el dedo y miró a sus amigas (aunque sí puso la maleta en el suelo). Luego continuó—: ¡Ya veis lo que está pasando! ¿Dónde hemos acabado? ¿Qué es este bosque? ¡Es como un bosque antiguo con un aura especial! ¡Estamos en el pasado! ¡O en otro mundo! ¡No puede ser otra cosa! ¡También vimos un brillo dorado momentos antes de perdernos! ¡Y hay más insectos!

Realmente habían visto un brillo dorado.

—Lancitel, querida, no te preocupes —trató de tranquilizarla Marilyn—. Es imposible ir al pasado o a otro mundo: esos movimientos en el espacio y el tiempo no se han demostrado científicamente. Hay algunas teorías científicas que consideran esos fenómenos, pero ninguna se ha demostrado. Solo nos hemos perdido y hemos intentado tomar atajos, ¡eso es todo! Con respecto a los insectos, siempre hay muchos en esta época del año. ¡Está incluso escrito en el sitio web del Festival de Bandas de Aficionados! Después de todo, se celebra fuera de la ciudad… ¡Y recomiendan llevar repelente! Que es exactamente lo que hemos hecho.

—¿Pero qué pasa con el brillo dorado?

—¡Un fenómeno astronómico! ¡O un simple reflejo del sol!

—¡Pero los navegadores del móvil no funcionan! ¡Y no hay conexión! ¡Ni tampoco Internet! —Lancitel frunció el ceño.

—Probablemente aquí la cobertura es mala —suspiró la hasta entonces silenciosa Arthuria. Todo ese tiempo había estado tratando de encontrar conexión sin éxito, pues su teléfono, como el de las demás, indicaba tercamente que no había red. Nada en absoluto—. Y parece que llegaremos tarde al Festival de Bandas de Aficionados después de todo… —Arthuria volvió a suspirar—. Querría haber estado en la inauguración...

Era comprensible: las tres amigas tocaban en el grupo musical aficionado Lovely Marshmallows. Esas tres chicas tan distintas eran amigas desde la infancia, habían ido a la misma escuela y, a pesar del hecho de que diferían en caracteres e intereses, tenían mucho en común.

Las tres tenían veinte años, iban a la universidad (aunque a distintas) y les encantaba la música. No, no querían convertirse en profesionales de la música. Solo les gustaba el proceso creativo de por sí. Así que decidieron fundar juntas una banda y disfrutar de su creatividad en su tiempo libre. Arthuria tocaba la guitarra eléctrica, Marilyn también tocaba la guitarra eléctrica y escribía la música y Lancitel era la cantante principal y escribía las letras.

Las chicas tenían blogs personales y uno general en redes sociales, donde subían vídeos con grabaciones de sus canciones. Los vídeos no llegaban a ser virales, pero tenían su audiencia. Además, las Lovely Marshmallows a veces participaban en diversas competiciones para aficionados.

Y cuando las amigas supieron del nuevo Festival de Bandas de Aficionados, que se suponía que tendría lugar en un condado de Gran Bretaña, decidieron ir y participar. Las chicas llegaron bien a su destino, pero, debido a la ocupación de los hoteles, precisamente por el inminente festival, tuvieron que alquilar una habitación un poco más lejos. Este «un poco más lejos» estaba a veinte minutos en autobús y la misma cantidad de minutos a pie.

Así que, el día del festival, Arthuria y Marilyn tomaron sus guitarras eléctricas (tocaban estos instrumentos) y Lancitel una maleta con ropa para el escenario (era vocalista y no tocaba ningún instrumento), se subieron al autobús y partieron.

Pero el autobús se quedó atrapado en un atasco. ¡Los atascos son muy traidores! ¡Siempre a destiempo! Consecuentemente, las amigas llegaban tarde a la inauguración. Y, bajándose del autobús, decidieron tomar un atajo a través de un pequeño bosque...

¡Inesperadamente, se perdieron y acabaron en un denso bosque, como si entraran en las páginas de un relato de fantasía!

—Así que estamos en problemas —resumió tristemente Arthuria, dándose cuenta de que no iba a poder conectarse a la red—. ¡Trataré de subirme a un árbol! Tal vez allí encuentre línea. Todo el mundo sabe que cuanto más alto se está, mejor cobertura tienes.

Se quitó su mochila (las tres amigas se habían llevado también mochilas con todo lo que necesitaban) y empezó a trepar a un viejo roble. Desde la infancia le había gustado trepar por los árboles y era una persona muy deportista. Arthuria había estado practicando la esgrima durante muchos años e incluso había participado en competiciones regionales. Una vez sus entrenadores predijeron que tenía futuro en el deporte de competición, pero ella no tenía como objetivo convertirse en deportista profesional. Sencillamente le gustaba la esgrima y lo hacía para divertirse.

Po cierto, Arthuria estudiaba en la universidad para ser profesora de historia. Quería convertirse en profesora con un horario flexible para tener tiempo para sus pasatiempos favoritos.

Lancitel estudiaba gestión de empresas, pues iba a encargarse en el futuro del negocio de la familia: una tienda ocultista. A pesar de su originalidad, sigue siendo un negocio que hay que administrar adecuadamente. Aunque a la muchacha no le gustaban especialmente los deportes, mantenía su cuerpo bastante en forma y alguna vez incluso practicó la esgrima con Arthuria. Todas sabían lo de una mente sana en un cuerpo sano. Y para los esotéricos una mente sana es muy importante. Sin embargo, dejó la esgrima hacía años para dedicar más tiempo a sus estudios y a ayudar a sus padres en la tienda. Para mantenerse en forma, continuaba entrenando en casa ella sola. Y a Lancitel le daban miedo las alturas, así que nunca se subía a los árboles.

Marilyn, como ya sabemos, estudiaba interpretación por exigencia de sus padres, que soñaban con hacer de su hija una actriz. No le gustaban demasiado los deportes y solo hacía ejercicio para mantenerse físicamente en forma. Nunca subía a árboles, porque lo consideraba irracional. Pero recordaba textos de libros que describían diversos mecanismos, incluyendo los que pueden hacerse usando madera.

… Entretanto, Arthuria subió hábilmente a lo alto del roble.

—¡Bueno, línea! ¡Ahora te encontraré! —exclamó alegremente, confiando en el éxito de su empresa. Pero solo unos segundos después se oía en las cercanías su grito de frustración—: ¡No hay cobertura aquí! ¿Por qué?

—¡Trata de mirar a tu alrededor! —gritó la racional Marilyn—. Y dinos qué ves.

—¡Bosque! ¿Sólo hay bosques a nuestro alrededor? ¡Aquí no debería haber un bosque tan denso y grande! —exclamó de nuevo, completamente desconcertada.

—¡Son los reptiloides del espacio exterior! —gritó Lancitel—. ¡Estamos en otro mundo! ¡O estamos en el pasado!

—¡Lancitel, cálmate! —respondieron Marilyn y Arthuria al mismo tiempo.

—¡Pero el Mercurio retrógrado…!

—¡Cálmate!

—Nadie me cree… —La joven esotérica frunció el ceño—. Pero mis predicciones siempre se convierten en realidad…

Entretanto, Arthuria miró una vez más a su alrededor. Parecía desconcertada. El paisaje del denso bosque que se veía desde lo alto del roble era asombroso. «No, ¿podemos haber sido transportadas realmente al pasado o a otro mundo a través de ese brillo dorado?», fue una idea que pasó por su cabeza. Involuntariamente, sintió un incómodo escalofrío en su interior, pero de inmediato decidió alejar de su mente esos pensamientos: «¡No! ¡Los reptiloides y el viaje en el espacio o el tiempo…no existen! ¡Es imposible! ¡Lancitel siempre habla de eso! ¡Pero es la hija de unos esotéricos y heredará la tienda ocultista en el futuro! ¡Por supuesto que cree en todas esas cosas irreales!».

Arthuria no creía en el esoterismo ni en el misticismo. Era demasiado racional.

«¡Pero eso no puede ser!», pensó de nuevo la muchacha mientras miraba a su alrededor. «¡Estamos en la ciudad! ¡No hay dónde pueda haber un bosque tan denso! ¡Tal vez lo que vi fuera algún tipo de ilusión óptica! ¡Algún tipo de reflejo luminoso, un falso efecto creado por la abundancia de vegetación a nuestro alrededor!»

Nunca había oído antes hablar de una ilusión como esa y realmente se le acababa de ocurrir. No tenía ni idea de cómo debía actuar. Empezaba a sentir miedo. Era comprensible: ella y sus dos amigas estaban en un lugar desconocido, completamente solas. Los móviles no funcionaban ni había Internet. ¿Qué hacer? ¿Adónde ir?

Arthuria bajó del árbol, conteniendo a duras penas su pánico.

—Es inútil —resumió tristemente Marilyn.

—Sí —asintió Arthuria no menos triste—. ¡No hay ningún indicio de civilización a nuestro alrededor! ¡Aparentemente, esto es algún tipo de ilusión óptica de algún reflejo luminoso que crea un falso efecto de vegetación a nuestro alrededor!

Y aun así, miró involuntariamente con cautela a Lancitel, esperando más frases sobre reptiloides y Mercurio retrógrado. Pero la joven esotérica estaba sorprendentemente callada, examinando pensativa los árboles que las rodeaban.

—Resumamos entonces —continuó hablando Marilyn—. Estamos solas en un lugar desconocido. Los móviles e Internet no funcionan. Tenemos con nosotras dos guitarras eléctricas, ropa de escenario y tres *smartphones* que se han convertido en completamente inútiles. El dinero y las tarjetas de crédito en el bosque son igualmente inútiles… no vamos a comprar nada con ellas. Las tres botellas de agua y los bocadillos que tenemos en las mochilas no durarán mucho. En otras palabras, la cosa está mal. Pueden pasar dos cosas: la primera es que encontremos una vía para salir del bosque, Y que Arthuria haya visto realmente desde lo alto del árbol solo algún tipo de ilusión producto de un reflejo de la luz, creado por la abundancia de vegetación que nos rodea. Y la segunda opción es que realmente nos hemos perdido de alguna manera impensable vagando por un bosque real que, por alguna razón, no estaba en ningún mapa. En ese caso, lo único que podemos esperar es que nuestros padres se den cuenta pronto de que nos hemos perdido. Y, por supuesto, no vamos a llegar al festival. Pero, dadas las circunstancias, esa es la menor de nuestras preocupaciones. El principal problema es cómo conseguimos comida y agua si nos quedamos aquí atrapadas durante unos días.

Marilyn no entró en pánico. Como una verdadera matemática y mecánica, raramente se asustaba. Y, a pesar del hecho de que estudiaba interpretación y de que lo hacía muy bien, en la vida cotidiana era sorprendentemente tranquila.

—¿Por qué unos días? —murmuró involuntariamente Arthuria, sintiendo frío en su interior.

—Varios días terrestres, es decir, las revoluciones del planeta alrededor de su eje —replicó Marilyn—. ¿Alguien recuerda las lecciones de la escuela de supervivencia en el bosque?

Tenían una lección en la escuela cada semana, formalmente opcional, pero realmente obligatoria (porque la enseñaba el marido de la directora), sobre conceptos básicos de supervivencia. Durante las lecciones, el marido de la directora hablaba de cómo actuar en situaciones difíciles, durante desastres naturales, cómo aplicar primeros auxilios y cómo sobrevivir en el bosque. Y nadie había escuchado atentamente las lecciones sobre supervivencia en el bosque. Como colegialas habían pensado: ¿para qué tenía que aprender eso quien vive en una ciudad moderna y no va a acampar en el bosque? ¡Si alguien quiere ir al bosque, puede encontrar toda la información necesaria en Internet!

Así que se daba una situación paradójica: tres jóvenes de ciudad estaban en ese bosque, aunque no lo tenían previsto. Y, por supuesto, no habían leído nada en Internet sobre este tema ¡y no recordaban nada de las clases de la escuela!

—No recuerdo esas lecciones —contestó alegremente Lancitel—. ¡Pero podemos practicar la adivinación!

Parecía ser la menos consciente de las tres de la situación en la que estaban. O tal vez solo creía fuertemente en el poder de la adivinación.

En cualquier caso, Lancitel no sería ella misma si actuara de otro modo. Así que encontró una rama, dibujó cuatro direcciones en el suelo con ella y después tomó de su cuello un colgante de cristal que siempre llevaba consigo. Y, tras adoptar una pose teatral, levantó sus manos al cielo y dijo:

—¡Oh espíritus de este bosque! ¡Mostradnos el camino, cómo podemos salir de aquí!

Y la muchacha empezó a mover lentamente el colgante en las cuatro direcciones. Estas simbolizaban los cuatro puntos cardinales (por supuesto, erróneamente: solo estaban dibujados en posiciones supuestas). Era una especie de adivinación usando un péndulo, pero Lancitel tenía su propio sistema. Contó mentalmente cierto número de segundos, después de lo cual miró: ¿se había paralizado su péndulo o no? Si se había parado, la dirección era la correcta. Si no, la dirección era equivocada.

Por supuesto, había un problema: ¿y si el «péndulo» no se detenía en ninguna de las direcciones en el tiempo previsto? Pero, extrañamente, esto no había pasado hasta entonces. Lancitel siempre había conseguido encontrar una de las direcciones. Y a menudo la correcta. Pero todos pensaban que no era más que una coincidencia.

—¡Espíritus del bosque! ¡Escuchadme! —dijo de nuevo.

Arthuria y Marilyn se miraron escépticamente. No creían en el esoterismo. Sin embargo, era verdad que algo había que hacer. Y ninguna sabía cómo orientarse en el bosque.

—¿Y si nos limitamos a quedarnos donde estamos? Todos los niños saben que si te pierdes tienes que quedarte donde estás —susurró Arthuria a Marilyn— y no irte con nadie.

—Sí, pero no somos niñas. Aunque, por supuesto, esto no solo vale para los niños… —La joven actriz y matemática suspiró—. Pero es poco probable que esto nos ayude ahora mismo. Nuestros padres no nos llamarán hasta la noche.

Ambas muchachas suspiraron. Se acordaban de sus padres. Estos estarían seguros de que sus responsables hijas veinteañeras serían prudentes y razonables. Y sin duda no se perderían tratando de tomar atajos a través de un supuestamente pequeño bosque.

—¡Allí! ¡Iremos hacia allí! —gritó entonces Lancitel con alegría, señalando hacia la derecha.

—¿No deberíamos quedarnos donde estamos? —sugirió poco esperanzada Arthuria.

—En teoría, hasta donde recuerdo el mapa de Internet, el bosque debería ser pequeño —replicó Marilyn pensativamente—. Probablemente tenga sentido continuar caminando: a algún sitio llegaremos. Así que vamos.

—Sí, pequeño… Mientras estaba mirando a mi alrededor desde aquel roble, no vi ninguna señal de civilización. Pero podría ser una ilusión óptica.

—Sí, puede explicarse de distintas maneras. Podría ser realmente una ilusión óptica. O, por ejemplo, que el roble desde el que miraste a tu alrededor no fuera lo suficientemente alto y solo vieras las copas de los árboles. Todo se puede explicar matemáticamente.

—Entiendo que debe haber una explicación razonable para esto, pero, aun así…

Arthuria sintió un escalofrío. Marilyn ya había recuperado la compostura. Y Lancitel dijo de nuevo con confianza:

—¡Vamos allá! ¿A qué esperamos? ¡Vamos!

Y allá fueron, sin saber adónde. Por el camino, Lancitel llamó «a los espíritus del bosque» varias veces más, así que las muchachas cambiaban de dirección.

Después de un rato, les quedó claro que el bosque no se acababa, que habían ido demasiado lejos. Las muchachas empezaron a asustarse. Arthuria trepó a los árboles varias veces y miró a su alrededor, pero solo podía ver bosque. Siempre tranquila, Marilyn apenas podía controlarse. Estaba claro: no era ningún tipo de ilusión óptica que creara un falso efecto de abundancia de vegetación por algún reflejo luminoso. Y solo Lancitel seguía repitiendo:

—¡Nos hemos transportado al pasado o a otro mundo! ¡Este lugar tiene un aura diferente!

Después de que repitiera otra vez esta frase, Arthuria perdió su paciencia y preguntó:

—¿Y qué propones hacer si estamos en otro mundo o en el pasado?

—¡Por supuesto tenemos que hacer aquello para lo que los reptiloides nos han transportado con la ayuda de la radiación dorada! ¡Es lo único que tiene sentido!

—¿Así que sugieres que tenemos que salvar a alguien o encontrar algo, como en un libro de fantasía? ¿Algo como salvar un reino o encontrar algún artefacto? —sugirió Arthuria escépticamente.

—Sí, exactamente.

—¿Pero el concepto de fantasía no entra en conflicto con los reptiloides del espacio exterior? —Marilyn hizo la misma pregunta que tenía Arthuria.

—No, en absoluto. El universo es enorme y polifacético —contestó Lancitel con total confianza.

Sus amigas se limitaron a mirarse expresivamente. Les gustaba hablar con Lancitel y eran amigas desde la infancia. Pero a veces decía cosas muy extrañas.

… Las muchachas caminaron un tiempo más. El reloj de sus móviles mostraba que llevaban andando por el «bosque» desde hacía casi una hora.

En su interior, Aurora estaba cada vez más atacada y Marilyn, siempre tranquila, apenas podía contener su miedo. Y ambas se dieron cuenta con horror de que a pesar de lo ilógico y lo absurdo que era lo que estaba pasando, la versión de Lancitel sobre ello parecía ser una de las explicaciones más razonables.

«¡O es que las tres somos tan tontas que hemos estado andando en círculos durante una hora!», pensó con tristeza Arthuria. «¡Todos los árboles son muy parecidos! ¿Y quién sugirió tomar un atajo?».

Trató de recordar ese hecho reciente. Resultaba ser algo paradójico: las tres lo habían propuesto a la vez. «Está claro que todas somos responsables de esto». La muchacha suspiró, dándose cuenta de que era igualmente responsable de lo que había pasado. «Ahora no deberíamos pensar en llegar a tiempo a la inauguración del festival, sino en cómo salir de aquí…».

De repente advirtió cómo el bosque empezaba a aclararse. El aire olía a agua, humedad y plantas acuáticas. Había un aire fresco y una sensación de humedad. Y enseguida se abrió ante los ojos de las muchachas un claro junto a un lago. Y en sus orillas había una modesta casa construida con piedras unidas con arcilla. Había cerca construcciones realizadas con bastos troncos de madera. Por su apariencia, era más parecida a una casa de una bruja de algún bosque mágico, como si proviniera de las páginas de una historia trillada.

Un camino pisoteado llevaba a la casa, adentrándose hacia el clareado bosque más allá del lago. Y en el porche de la vivienda estaba durmiendo un enorme perro negro. Mirando con más cuidado, les quedó claro que era un mastín.

—Los espíritus del bosque nos han guiado hasta este lugar. —Lancitel señaló con el dedo en dirección a la casa y volvió a ponerse el colgante de cristal en el cuello.

«Como en una historia típica de fantasía…». Arthuria se rio para sí. «Ahora el perro ladrará y una bruja del lugar saldrá de la casa y nos confiará alguna misión…».

No sabía que Marilyn estaba pensando lo mismo. Y no sabía que esa intuición sería totalmente correcta…

Pues inmediatamente el perro ladró:

—¡Guau! ¡Guau!

En el silencio del bosque, solo roto por el sonido de los insectos, los pájaros y pequeños animales, el ladrido parecía especialmente ruidoso.

—¡Sí, sí, Carbo! ¿Ha venido alguien? ¿Por qué estás tan enfadado? —La voz de una mujer venía del interior de la casa.

—¡Guau! ¡Guau! —continuó el mastín dando la «bienvenida» a sus huéspedes. No se lanzó a atacar a las muchachas, quedándose en el porche de la casa. Pero por su aspecto mostraba que era mejor no acercarse ni enfadarlo.

—Me parece que es mejor que nos quedemos lejos —resumió Arthuria con tristeza.

—Y no hacer movimientos bruscos —añadió Marilyn.

—Si nos atacan, ¿nos valdrán los espráis de repelente? —preguntó Lancitel, tratando de controlarse. Tenía miedo a los perros grandes—. Creo haber leído en internet que los espráis de pimienta valen para estos casos…

—Esperemos que su dueña aparezca pronto y sea suficiente. —Arthuria trataba de no asustarse. Aunque no entendía nada en absoluto: ¿por qué se dejaba suelto un perro tan grande? ¡Podía ser peligroso!

En ese momento una mujer de mediana edad salió de la casa. Era baja, de complexión media, con largo pelo gris trenzado con elegantes coletas. Parecía tener algo más de cuarenta años.

Si se miraba con atención, quedaba claro que vestía de forma extraña: con un sencillo vestido de lona de tela casera sin tintar y con un cinturón del mismo material. Como si la mujer fuera un personaje de alguna historia acerca de la Edad Media o un habitante del mundo típico de magia y espada.

Las muchachas se miraron sorprendidas. Incluso Lancitel, con su amor por el misticismo, quedo atónita. Era la primera vez que se había encontrado con algo tan raro en la vida real.

—¿Quién es? —susurró Marilyn—. ¿Una empleada de un parque temático?

—Acabo de ver en Internet un anuncio de un nuevo parque temático en Inglaterra dedicado a la leyenda del rey Arturo… —contestó Arthuria—. A mis padres les encanta esa leyenda y querían visitarlo… Pero me parece que ese parque estaba en otro lugar del país…

Extrañamente, Lancitel permaneció en silencio.

Entretanto, el perro seguía ladrando y su dueña por fin vio a las muchachas.

—¡Oh! —exclamó sorprendida, apresurándose a ir a su encuentro—. ¿Quiénes sois, forasteras? Estáis vestidas de una forma muy rara… ¡Debéis ser de noble cuna! Pero entonces, ¿dónde está vuestra escolta? ¿Ha pasado algo?

Mientras la mujer hablaba, el perro llamado Carbo se calmó un poco. Al menos no iba a atacar a los inesperados huéspedes.

Y en ese momento, las muchachas se dieron cuenta con retraso de algo muy importante. Que todo este tiempo la mujer había hablado en su idioma nativo. Sin acento. Es decir, en inglés.

Resultaban estar en una situación extremadamente extraña: entonces las muchachas estaban en Inglaterra. Es decir, podían llegar a una conclusión obvia: la gente allí hablaba inglés. En el primer encuentro con Arthuria, Marilyn y Lancitel la gente no podía empezar a hablar en inglés si no era su idioma nativo. Aunque solo fuera porque la gente no podía saber de dónde venían exactamente.

Por supuesto, era posible que estuvieran en algún lugar en el que algunos locales conocieran el idioma de las muchachas y empezaran a comunicarse así con ellas. Pero no podían hacerlo solo mirándolas. En la mayoría de los casos, en el mundo moderno, es en principio imposible determinar a simple vista de qué país procede una persona. Después de todo, en todos los países viven personas de distintas razas y con distintos rasgos. Gracias a los diversos medios de transporte, es posible viajar a diferentes partes del mundo. La ropa es asimismo similar en muchos países. E incluso no es rara la presencia de instrumentos musicales (como los de Arthuria, Marilyn y Lancitel).

—Queridas señoras, ¿qué ocurre con vosotras? ¿Estáis bien? —volvió a preguntar la mujer. Y de nuevo con su propio acento—. Parecéis muy confusas…

—Um… —Arthuria trató de recomponerse—. Señora, nos sorprende que nos hables en nuestro idioma nativo, aunque nos veas por primera vez. ¿Has estado en nuestro país y por eso entiendes de dónde venimos? ¿O tal vez eres también de aquí?

«Claro, ya veo», pensó Arthuria. «Esta mujer es de nuestro país. Debe haber venido aquí a trabajar. ¡Y cuando nos ha visto, por costumbre, no es que nos haya hablado en inglés, sino en su idioma nativo! ¡Qué coincidencia!»

Marilyn y Lancitel (a pesar de su amor por el misticismo) pensaron lo mismo. Por un momento, las muchachas se llenaron de optimismo: ¡después de todo, en una situación como esa, un encuentro como ese era muy alentador!

Sin embargo, contrariamente a sus expectativas, la mujer se quedó perdida por un momento, luego se rio amablemente y dijo:

—¡Mis queridas señoras! ¡He viajado mucho en el pasado! Pero por estos lugares, por supuesto. ¡Hablo el idioma local! ¿Qué os sorprende tanto? ¿Y dónde está vuestra escolta? ¿O es que estáis aquí por una razón secreta?

La mirada de la mujer se volvió taimada. Y las muchachas pensaron para sí mismas: «Así que está claro que hemos acabado en algún parque temático local ambientado en la Edad Media. ¡Y ella probablemente interprete el papel de una bruja del bosque! ¡Muy convincente!».

Incluso Lancitel pensó lo mismo. Solo que por su cabeza pasó un pensamiento más: «Bueno, tal vez sea mejor que estuviera equivocada y no hayamos acabado en otro mundo… ¡En otro caso, sin duda habríamos tenido problemas con microbios y cosas como esas! ¡Habríamos traído nuevas enfermedades a la Edad Media y habríamos contraído enfermedades desconocidas de los lugareños o nos habríamos envenenado con la comida del lugar! ¡Y en otro mundo sin duda se produciría el mismo problema!».

Sí, Lancitel era esotérica. Pero también le gustaba la biología en la escuela. Así que entendía cómo podían acabar los encuentros de los lugareños con viajeros en el tiempo o en el espacio.

Y extrañamente sus más racionales amigas no pensaron en ello en absoluto. Tal vez porque no podía ni siquiera pensar en que podían haber acabado realmente en otro mundo o en el pasado.

Entonces la mujer dijo de nuevo:

—¡Bueno, queridas señoras! ¡Por favor, pasad a mi humilde morada! ¡Allí comentaremos todo! Habéis acudido a mí, así que puedo deciros vuestra fortuna, ¿no? ¡Debéis venir de muy lejos! ¡Oh, mi humilde persona es tan famosa que nobles señoras de lejanas tierras acuden a mí! Por cierto, mi nombre es Viviane. Soy bruja y adivina. ¡La gente del lugar me llama la Dama del Lago! De todos modos, ¿de qué estoy hablando? ¡Probablemente ya lo sabéis!

Por supuesto, habían oído hablar de la Dama del Lago, Viviane, la maga de las leyendas artúricas.

La mujer hizo un gesto de invitación con su mano. Y las muchachas, pensando para si: «Bueno, parece que hemos llegado al parque temático del rey Arturo… ¡En cualquier caso, somos tres y tendremos cuidado! ¡Así que no es probable que ocurra algo malo! ¡Miraremos en el interior de la casa y, si algo nos alarma, huiremos inmediatamente!».

Así que siguieron a Viviane. Estaban confuses después de vagar por el bosque y no entendían del todo que fuera una mala idea entrar en la casa de una eremita del bosque (aunque solo fuera para echar un vistazo) sin estar seguras de que estaban en un parque temático. Después de todo, podía haber alguien en la casa y podía pasar cualquier cosa. Pero las cosas no resultaron ser como esperaban…

Capítulo 2. ¿Entonces es otro mundo?

El mundo no se sabe con exactitud, presumiblemente es la Tierra, Gran Bretaña durante la Edad Media

Arthuria, Lancitel y Marilyn estaban a punto de entrar en la casa de Viviane. El perro Carbo las olisqueaba molesto y las miraba con evidente desagrado.

—Bueno, bueno, pequeño Carbo, ¡no asustes así a estas respetables damas! —le dijo Viviane.

El «pequeño Carbo», siendo un gran mastín, probablemente pesaba unos ochenta kilos. «¡Es más grande que yo!», pensó Arthuria. «Aunque las mascotas son siempre "pequeñas" para sus dueños. Después de todo yo también llamo "pequeña" a mi pastor alemán… ¡Ah, mi querida Dinah! ¿Cómo estará? ¿Estarán mis padres jugando lo suficiente con ella?».

A la hembra de pastor alemán de Arthuria, Dinah, le gustaba mucho pasear y jugar. No había problemas con los paseos: la familia de la muchacha vivía en una casa de campo con un terreno vallado. Y habían puesto una puerta especial para perros para Dinah. Arthuria y sus padres no temían que Dinah se escapara: el terreno que rodeaba su casa estaba bien vallado, la perra llevaba un collar con sus números de teléfono y, por si acaso, llevaba microchip. Y, por supuesto, todos los vecinos conocían a la «pequeña Dinah».

A pesar de eso, la pastor alemán podía calificarse como una «dama distinguida». Porque sorprendían su inteligencia y su astucia. No se iba lejos de la casa, no ladraba sin motivo casi nunca y obedecía a diversas órdenes. En resumen, era una perra ejemplar.

Y, por cierto, Dinah pesaba treinta y un kilos. Pero para su familia seguía siendo un «bebé» y un «pequeño encanto».

…Las reflexiones y recuerdos de su perra de Arthuria se vieron interrumpidos por las exclamaciones de sus amigas.

—¿Qué es eso? —dijo asustada Marilyn. Escuchar su voz presa del miedo era algo bastante extraño. Después de todo, siempre era racional y tranquila.

—¡Ajajá! ¡Es todo obra de los reptiloides! ¡Parece que nos han transportado a un videojuego! —Lancitel se llevó las manos a la cabeza. Aunque escuchar de sus labios palabras acerca de reptiloides no era nada raro.

—¿Qué pasa? ¿Qué hay de raro? —preguntó Arthuria.

Pero en ese momento le pasó lo mismo que a sus amigas. Apareció ante sus ojos un brillo dorado. Apareció en un rincón de su vista un panel, igual que los de los videojuegos. Pero al mismo tiempo era distinto.

En el panel aparecía escrito: «Arthuria, 20 años. El mundo es una de las variantes de la Tierra en el Sistema Solar, Singularidad 20-01. Localización: Gran Bretaña. Tiempo: Edad Media». En la esquina había un reloj que registraba el tiempo y un icono de referencia. No había nada más: ni mapas, ni inventario, cosas que normalmente están presentes en los interfaces de los videojuegos. Solo un reloj, un libro de referencia e información general acerca del «dueño» del panel de control y su localización extremadamente precisa. Y, por supuesto, persistía la pregunta: ¿cómo abrir el «libro de referencia» y qué era en realidad ese icono?

—¿Qué está pasando? —gritó también Arthuria, llevándose las manos a la cabeza, horrorizada—. ¿Qué es una «singularidad»? ¡A veces los personajes de películas y juegos de fantasía llaman así a otros mundos en los que la historia de la evolución del mundo va de una manera distinta!

Por su mente pasaban multitud de ideas. Desde la idea de que lo que estaba pasando era solo un sueño hasta la versión de Lancitel de que los reptiloides del espacio las habían transportado a un videojuego.

Entonces una voz resonó en la cabeza de la muchacha.

—El sistema «Viaje multimedia a través de tiempos y singularidades» te da la bienvenida, usuaria Arthuria. Junto con las demás usuarias principales, has sido transportada a la Gran Bretaña de la Edad Media, localizada en la Tierra en el Sistema Solar, en la singularidad 20-01. Se incluye un seguro estándar de usuario. El seguro estándar de usuario incluye protección frente al envejecimiento, protección frente a cualquier tipo de violencia por parte de los residentes locales, protección frente al dolor y protección frente a las enfermedades. Tu microbioma está protegido por un campo de energía frente a los microbiomas de los residentes locales, para evitar que se produzcan epidemias. Asimismo, se incluye la función de traducción simultánea para una fácil comunicación con los locales. También se incluye una función de lectura de textos en forma de subtítulos sincronizados. Todo texto que escribas se convertirá en texto escrito para los locales que te rodeen. La generación al azar de bonus y parámetros adicionales no está incluida en el seguro estándar. ¡«Viaje multimedia a través de tiempos y singularidades» te desea una buena aventura! El plazo de estancia en este mundo es de diez años. ¡La cuenta atrás empieza cuando se complete la declaración de instrucciones! Puedes encontrar ayuda e información adicionales en tu perfil del panel de control.

La extraña voz dejó de hablar y Arthuria se quedó paralizada por la sorpresa. A juzgar por las expresiones de las caras de Marilyn y Lancitel, habían oído lo mismo (solo que con sus propios nombres).

—Queridas señoras, ¿qué os pasa? —Viviane estaba preocupada. No había oído nada y por eso estaba perpleja.

Pero las muchachas habían descubierto por qué entendían a Viviane. Salvo que, por supuesto, todo lo que ocurría fuera un sueño o una grabación de cámara oculta, utilizando una tecnología extremadamente novedosa que hacía posible crear unos efectos tan realistas.

—¡Eso es! ¡Estoy soñando! ¡O es una cámara oculta! —exclamó Arthuria.

El perro Carbo respondió a su emotiva reacción ladrando y Viviane miró a sus queridas damas con los ojos como platos por la sorpresa.

—¿Qué cámara oculta? ¡Tengo algún tipo de interfaz delante de mis ojos! —Marilyn estaba enfurecida—. ¡Más bien, o estoy soñando o estáis jugando conmigo! ¡Y el interfaz de juego es un holograma! Arthuria y Lancitel, vamos, sois parte del programa de cámara oculta, ¿verdad?

—¡No, yo estoy soñando o tú estás jugando conmigo! —Arthuria también estaba enojada.

—¡Son los reptiloides del espacio exterior! ¡Nos han transportado a otra dimensión! ¡O al juego! Pero ¿por qué? —se preguntó Lancitel.

Las muchachas discutieron largo rato sobre quién de ellas «actuaba para una cámara oculta» y si era posible la existencia de reptiloides del espacio exterior. Lancitel continuó hablando de los reptiloides y Arthuria y Marilyn acerca de la cámara oculta. Más exactamente, no hablando, sino gritándose entre ellas bajo los ladridos de Carbo.

Viviane las miraba completamente desconcertada. Era la primera vez que oía palabras tan extrañas como «reptiloides» o «cámara oculta». ¿Y qué era un «juego»?

«¿Es este el entretenimiento de las damas nobles de hoy? ¿Venir a la casa de la bruja del bosque y gritarse entre ellas?», pensó la mujer. «¿O es que estas muchachas no son nobles? ¿Pueden estar tristemente locas? No, es imposible… Sus manos parecen delicadas y sus uñas están cuidadas. Sus ropas, aunque extrañas, están hechas con telas delicadas de colores brillantes y bellos. ¡Nunca he visto ropas como estas! Probablemente vengan de lejos… ¡Pero están limpias! Sus rostros, sus ropas, su pelo… ¡Parece como si se hubieran tomado un baño y hubieran lavado sus ropas recientemente! ¡Tal vez hayan llegado con un séquito! Probablemente esté esperando fuera del bosque. ¿Pero por qué han venido desde el lado de la espesura? Aunque puede que se hayan perdido un poco… En todo caso, no parecen peligrosas. ¡Y sus extrañas cajas parecen de instrumentos musicales, como grandes laúdes, como los que llevan consigo los bardos! En todo caso, probablemente no sean las personas que me anunciaban mis últimos cálculos astronómicos: ¡esos nómadas de lugares lejanos llegarán pronto y traerán prosperidad a estas tierras!».

Eso era lo que pensaba Viviane. Después de todo, era ella en realidad la bruja que vivía en el bosque que estaba ubicado cerca de Camelot.

Sí, esa, la gloriosa ciudad de Camelot que Arthuria, Lancitel y Marilyn conocían por las leyendas del rey Arturo. La única diferencia es que la Camelot que Viviane conocía y cerca de la que vivía, estaba gobernada por Uther Pendragon, Según las leyendas que conocían las muchachas, se le consideraba el padre de Arturo. Pero la Tierra en el Sistema Solar, singularidad 20-01 tenía sus propias características y diferencias, que las muchachas aún no conocían…

—¡Son los reptiloides! —gritaba Lancitel.

—¡Es una cámara oculta! —gritaban al unísono Marilyn y Arthuria

—¡Guau! ¡Guau! —ladraba Carbo.

El gran mastín no se acercaba a las muchachas. Y su ladrido se volvía… ¿confuso? Tal vez sí. Pues el perro nunca había visto a tres personas llegar a una discusión humana entre ellas tan desesperadamente.

—¡Queridas señoras! —Viviane no pudo soportarlo más—. ¡Por favor, dejad de gritaros entre vosotras y explicadme cuál es el problema!

Su voz sonaba tan decidida que Arthuria, Lancitel y Marilyn se quedaron inmediatamente en silencio y se miraron unas a otras. Las tres seguían teniendo en sus cabezas un trauma especial asociado con una directora extremadamente estricta de la escuela (habían estudiado en la misma escuela). Y ahora Viviane les recordaba mucho a ella.

El miedo escolar, que no había desaparecido del todo, se hizo sentir. Las muchachas se pusieron inmediatamente firmes y dijeron al unísono:

—¡Sí! —Casi añadiendo el nombre de la directora.

—¿Guau? —Carbo estaba sorprendido por una metamorfosis tan inesperada.

—Queridas damas, no tengo ni idea de qué pasa. Por favor, explicádmelo. Contadme vuestra historia —dijo Viviane ya con calma.

Arthuria, Marilyn y Lancitel se miraron. Las tres tenían un interfaz de «juego» (?) delante de sus ojos. Las tres se pellizcaron por si acaso y, asegurándose de que lo que estaba pasando no era un sueño, se volvieron a mirar.

—«Viaje multimedia a través de tiempos y singularidades» dijo que teníamos un seguro contra todo tipo de violencia local. ¿Eso quiere decir que al menos no nos quemarán en la hoguera ni nos lapidarán? —susurró Arthuria a sus amigas.

—Me pregunto cómo será. ¿No tendrán los locales esos deseos o tendremos una armadura invisible a nuestro alrededor? —pensó Marilyn en voz alta.

—Probablemente la armadura invisible —contestó Lancitel—. Es más fácil que controlar las mentes de la gente que nos rodea.

—Bueno, pues probablemente sea la armadura... —aceptó Arthuria—. Si suponemos que hemos llegado realmente a algún lugar, ¿tiene sentido contar quiénes somos y de dónde venimos? ¿O es más sencillo que nos vayamos?

—Probablemente sea mejor decirlo. Si hay una armadura invisible, seguro que tenemos tiempo para escapar —sugirió razonablemente Marilyn.

Lancitel asintió y Arthuria, dirigiéndose a Viviane, empezó a contar su historia con un suspiro:

—Somos viajeras… De un país lejano. Y tal vez de otro mundo y otro tiempo…

—¿De otro mundo y otro tiempo? —preguntó Viviane. Parecía sorprendida, pero no asustada—. Bueno, así parece que entiendo completamente lo que significaban mis cálculos astrológicos y qué indicaba exactamente el Mercurio retrógrado… ¿Sois realmente los nómadas de mi predicción?

«Que traerán prosperidad a estas tierras…», añadió para sí misma esta mujer. No quiso decirlo en voz alta, porque era algo supersticiosa y temía «arruinar» la predicción. Además, no tenía plena confianza en ese momento.

—¡Sí, Mercurio retrógrado! —exclamó entonces Lancitel—. ¡Cuando estaba ayer haciendo un horóscopo, vi la influencia de Mercurio retrógrado en nuestros destinos! ¡Y la predicción del tarot mostraba un largo camino y muchas dificultades en la vida!

—¿Tarot? ¿Qué es eso? —Viviane estaba sorprendida.

—¡Son cartas especiales de adivinación! Tengo un mazo con el que tengo una conexión de energía. Con mi mazo consigo predicciones muy precisas. Pero no puedo «hacer amistad» hasta ese punto con otros mazos…

—¡Oh, ya entiendo, ya entiendo! ¡Para una adivina, sus herramientas son un aspecto importante en su trabajo! Normalmente leo runas y hago cálculos astrológicos. He oído, que muy lejos al este, en el reino de Egipto, los adivinos usan cartas, ¡pero en esta zona eso no se acepta!

La conversación entre Viviane y Lancitel estaba claramente empezando a fluir en una dirección errónea. Así que Arthuria carraspeó delicadamente para atraer su atención.

—¡Oh, por supuesto, queridas damas! ¡Qué maleducada! Por favor, venid a mi humilde morada —recordó la bruja del bosque—. Creo que es mejor hablar dentro a discutir cosas tan importantes aquí fuera.

Invitó a las muchachas a entrar en la casa. Entrando cautelosamente, miraron a su alrededor y lanzaron un suspiro de alivio: el interior de la casa parecía el hogar más normal de una película sobre la Edad Media. Tenía un hogar, una mesa sencilla y dos bancos. En un rincón había una cama sencilla de madera, separada del resto del espacio por una cortina ahora abierta de lino casero. También había varios arcones. Unas estanterías de basta madera colgaban en la pared opuesta, llenas de todo tipo de botellas y vasos de barro. Ramos de hierbas colgaban del techo para secarse.

Carbo entró en la casa, apretándose entre las muchachas. Avanzó decididamente y se tumbó en la cama. Con su aspecto, parecía decir: «¡Os estoy vigilando, extrañas! ¡No hagáis nada a mi amiga humana!».

«Probablemente no le gustamos mucho…», pensó Arthuria, mirando al perro y recordando involuntariamente a su perra Dinah. «Bueno, si realmente nos hemos transportado al pasado, probablemente emitamos olores muy distintos… Y para Carbo, somos nosotras la que deberíamos tener miedo».

Entretanto, Viviane invitó a sus huéspedes a sentarse en los bancos. Arthuria se presentó, presentó a sus amigas y le contaron sinceramente cómo las tres se dirigían al festival y decidieron tomar un atajo por el bosque, pero inexplicablemente acabaron en un bosque muy denso y fue después cuando se encontraron con Viviane.

La bruja del bosque escuchaba atentamente a Arthuria, así como a Marilyn y Lancitel, que a veces añadían sus comentarios. No las interrumpió y solo de vez en cuando hacía un gesto de advertencia a Carbo, que empezaba a gruñir amenazadoramente. No estaba claro por qué gruñía: las invitadas se comportaban con calma.

Mientras Arthuria contaba todo a Viviane, se daba cuenta progresivamente de lo absurdo de lo que estaba pasando. Ella y sus amigas habían acabado en un lugar extraño y las tres tenían el «interfaz de juego» delante de sus ojos.

—Por cierto, ¿tienes algo extraño delante de tus ojos? ¿Has oído voces extrañas? —preguntó Arthuria a Viviane al acabar su relato.

—No, no he oído nada extraño y no veo nada extraño delante de mis ojos. —Sacudió la cabeza—. Veo el mundo como siempre.

Hubo un momento de silencio, solo roto por los resoplidos descontentos de Carbo.

—Viviane, no pareces muy sorprendida —dijo Marilyn, mirando a la bruja del bosque—. Por tu reacción, parece que hayan encontrado a gente como nosotras o hayas oído hablar de ella.

—En realidad, Marilyn, tienes bastante razón. He oído hablar de ese fenómeno —reconoció la mujer—. Hace muchos años, cuando aún no vivía en esta zona, conocí a una muchacha de otro mundo. No vestía ropas extrañas, parecía una local. Todos la consideraban una artista de éxito. Pero un día empezamos a conversar y me contó cosas extrañas. No pude creerla y por eso más tarde me dediqué a la adivinación y al cálculo astrológico. Al final, todo me demostró que las palabras de la muchacha eran verdad. Y que ella provenía realmente de algún lugar lejano.

—¿Qué pasó con ella? —preguntó Lancitel.

—Desapareció, exactamente diez años después de aparecer por primera vez en la ciudad en la que vivía.

Las muchachas se miraron: eran diez años lo que su reloj estaba cronometrando en el «interfaz de juego». Por cierto, el tiempo había disminuido un poco. Tanto como las amigas llevaban en ese extraño lugar.

¿Era esa artista igual que ellas: una usuaria, voluntaria o no, del misterioso «Viaje multimedia a través de tiempos y singularidades»? ¿O solo era una coincidencia?

—¿Dijo esa artista algo acerca de un «interfaz»? —preguntó Arthuria a Viviane.

—No —contestó—. En realidad, no entiendo qué es un «interfaz», pero me he dado cuenta de que estáis viendo algo que yo no puedo. Y ese algo os ha indicado muy correctamente que estáis en Gran Bretaña.

—Viviane, ¿nos puedes decir en qué sitio de Gran Bretaña estamos exactamente? —preguntó Marilyn.

—¡Por supuesto! ¡Estos son los bosques cercanos a la gloriosa ciudad de Camelot!

—¡Caramba! ¡Camelot! —exclamaron al tiempo las tres.

—¿Vuestro mundo lo conoce? —preguntó la bruja del bosque.

—¡Es la ciudad legendaria de las leyendas del rey Arturo! —contestó Arthuria—. Aparentemente, estamos en el pasado…

—¿Pasado? ¡Qué sorpresa! ¿Entonces venís del futuro? —Viviane estaba atónita—. ¿Pero quién es el rey Arturo?

—¡El gobernante de Camelot y su rey legendario! ¡Era hijo de otro rey legendario, Uther Pendragon!

—¡Oh, Su Majestad Uther! ¡Él gobierna nuestras gloriosas tierras! —asintió Viviane—, Pero el rey no tiene ningún hijo.

—Tal vez hayamos ida al periodo en que gobernaba el joven Uther —sugirió Marilyn—. ¡Espero que no afecte al flujo del tiempo si digo que el rey Uther tendrá un hijo en el futuro, Arturo, nacido de Lady Igraine!¡Por supuesto, no debemos creer al cien por cien en los mitos, pero tal vez algunas de las asombrosas aventuras de Arturo se basaron en acontecimientos reales!

—Nuestro rey está de hecho casado con Lady Igraine, viuda del duque de Cornualles llamado Gorlois —replicó Viviane—, pero no tienen hijos. Durante muchos años de matrimonio, las deidades no les han enviado ni hijos ni hijas.

—¿Podría ser que el rey Arturo fuera el sobrino del rey Uther que heredó el trono? —sugirió Lancitel— Y que las leyendas lo recodaran como un hijo.

«Es raro que no haya dicho nada sobre reptiloides del espacio exterior», pensó Arthuria.

—Tal vez, por supuesto, Su Majestad tenga un sobrino del que nadie sabe nada, pero hasta ahora us más probables herederos al trono son su esposa Igraine y su hija del duque Gorlois, Morgause —contestó pensativa Viviane—. Después de todo, es lógico que si el poder pasa a la reina como esposa del rey, su hija la herede después, aunque haya sido de otro matrimonio. Como mínimo, esto ayudaría a evitar insurrecciones innecesarias en el país y desacuerdos entre la nobleza. Aunque será difícil para Morgause elegir marido: necesita tomar una decisión que evite que la familia de su esposo gane demasiada influencia.

—Parece razonable —replicó Arthuria—, pero, de acuerdo con una de las leyendas, el rey Arturo se crio con el mago Merlín. ¿Puede que esto haya pasado en secreto?

—¿Merlín? —Viviane estaba sorprendida.

—¡Sí, el mago legendario! ¡A veces se llama Myrddin!

—¡Su nombre se parece algo al de lady Marilyn, aunque se pronuncia de otra manera! Pero nunca he oído hablar de él… Aunque conozco a todos los magos locales y a los más famosos de Gran Bretaña.

—Um, qué raro… —dijo Arthuria de nuevo pensativamente—. ¡Pero no se puede confiar al cien por cien en los mitos y leyendas! ¿Qué año es este? ¡No hay una indicación clara de la fecha de hoy en nuestra interfaz!

—¡Es el año 5546 desde la creación del mundo, según el calendario del Imperio Etrusco! ¡El séptimo mes y el séptimo día también! —respondió de inmediato Viviane.

Por un momento, hubo una pausa de asombro en la habitación, solo rota por los ronquidos tranquilos de Carbo: se había dado cuenta de que las invitadas no eran una amenaza y había acabado durmiéndose.

—Perdona, creo que no hemos oído bien… ¿Qué año es? —preguntó Marilyn.

—¡Es el año 5546 desde la creación del mundo, según el calendario del Imperio Etrusco! ¡El séptimo mes y el séptimo día también! —repitió Viviane.

La habitación volvió a quedar en silencio.

—Queridas damas del futuro, ¿hay algo que os asuste o preocupe? ¿He dicho algo malo? —La bruja del bosque estaba sorprendida, al ver la evidente confusión de las muchachas.

—Um, tal vez en vuestro tiempo se usen varios sistemas cronológicos que no llegaron a nuestra época… —trató de razonar Marilyn—, pero, Viviane, ¿sabes qué año es según la cronología romana, según el calendario juliano?

—¿Cronología romana? ¿De qué habláis? —Viviane estaba realmente sorprendida—. ¿Cómo podría Roma, una modesta provincia del Imperio Etrusco, tener su propia cronología? ¡Queridas damas, estáis confundidas! ¡Todos usan el calendario del Imperio Etrusco!

Arthuria, Marilyn y Lancitel se miraron desconcertadas. ¿Roma, una modesta provincia del Imperio Etrusco? ¿Cómo era posible? Por supuesto, conocían a los etruscos: una antigua civilización que en el primer milenio antes de Cristo habitaban el noroeste de la península itálica. Crearon una cultura avanzada que precedió a la romana. Pero finalmente, la civilización etrusca se disolvió gradualmente en la Roma que se desarrollaba activamente. ¡Por lo tanto, era extremadamente raro oír que Roma era solo una modesta provincia del Imperio Etrusco!

—Parece que la singularidad 20-01 no es nuestro mundo —resumió brevemente lo que estaba pasando Lancitel—. Y ahora estamos en el pasado de otra realidad. Similar a la nuestra, pero la evolución de la historia fue diferente.

Enel cuarto volvió a reinar el silencio. Marilyn y Arthuria trataban de encontrar sentido a lo que estaban escuchando. La expresión de Viviane no cambió: ya había pensado desde el principio que las muchachas eran de otro mundo. Sobre el hecho de que entraran en el pasado, Arthuria sugirió a Viviane que no se preocupara por de dónde venían. En todo caso, muchachas de algún lugar lejano y de otra dimensión.

—Um, esperad, Lancitel… —trató de protestar Arthuria—. Otro mundo suena como… ¿Extraño? Y también me recuerda a algún tipo de fantasía de tercera categoría, en la que las heroínas van al pasado y se ven envueltas en diversas aventuras estúpidas…

—Hay varias teorías científicas que implican viajes en el espacio y el tiempo, pero ninguna se ha demostrado —asintió Marilyn—. Y con el «interfaz de juego» delante de mis ojos, me es más fácil creer que todo lo que está pasando es solo un sueño. Pero dado el realismo de lo que está pasando, no puedo decir eso.

—¡Es todo obra de los reptiloides del espacio exterior! —exclamó Lancitel— ¡Probablemente viajar por el espacio y el tiempo es para ellos como un juego! ¡Por eso tenemos un «interfaz de juego» delante de nuestros ojos!

—Espera, Lancitel, ¡eso no explica en absoluto el «interfaz de juego» que tenemos todas delante! —Arthuria no estaba de acuerdo—. ¡Para que lo veamos, necesitamos algún tipo de efecto sobre el sistema nervioso! ¡O alguien nos ha colocado en una simulación de realidad virtual! Pero, si es así, ¿por qué tienen que hacer esto los reptiloides?

«¡Hablo como si empezara a creer en reptiloides!», se horrorizó mentalmente. «¡Esto es absolutamente ilógico! ¿Pero cómo explicar lo que está pasando?».

—¡Oh, eso es sencillo! —replicó entonces Lancitel—. ¡Tal vez los reptiloides están realizando algún tipo de experimento social! ¡O están probando un juego nuevo! ¡O grabando un *reality*!

—¿Un *reality*? ¿Los reptiloides? —preguntó Arthuria escéptica.

—¡Sí! ¡Por ejemplo, podría llamarse *Jóvenes de otro mundo*! ¡O *Bellas viajeras del Planeta Azul*! —empezó a fantasear inmediatamente la joven esotérica.

—O *Tres perdedoras que no saben cómo volver a casa* —interrumpió Marilyn sus extravagantes fantasías. Y dijo algo que de lo que sus amigas aún no se habían dado cuenta—: ¿Cómo volvemos a casa? ¡Nuestros padres estarán buscándonos! ¡Y, a juzgar por el contador del «interfaz de juego», estaremos aquí diez años!

Lancitel y Arthuria se quedaron paralizadas por un momento y luego, llevándose las manos a la cabeza, gritaron desgarradoramente:

—¡NO! ¡Eso sí que no!

—¡¿Guau?! —Por los gritos, Carbo se puso en pie sobresaltado y trató de meterse bajo la cama. No tuvo éxito: solo su cabeza quedó bajo ella, pues su cuerpo resultaba ser demasiado grande como para eso.

—¡Oh, Carbo, ya no eres un cachorro! ¡No puedes esconderte debajo de una cama tan baja! —dijo Viviane. Probablemente de vez en cuando el perro trataba de recordar su niñez.

El mastín la miró con tristeza. Y luego miró a las muchachas no menos tristemente.

«¿Por qué tengo la sensación de que nos mira como si estuviésemos locas?», pensó involuntariamente Arthuria. «Igual que mi Dinah algunas veces».

—¡Dinah! ¡Mi Dinah! ¿Qué vas a hacer sin mí? —Ante el recuerdo de su perra, las lágrimas brotaron en los ojos de la muchacha.

—Es mejor que pienses en tus padres que en Dinah… —contestó Marilyn con escepticismo.

Arthuria palideció y volvió a gritar desgarradoramente:

—¡NO! ¡Mamá me arrancará las orejas si vuelvo en diez años! Y estará muy preocupada… Y papá también…

—Eso es exactamente lo que quería decir —confirmó con tristeza Marilyn— Y además, si, de acuerdo con las instrucciones del «Viaje multimedia a través de tiempos y singularidades», tenemos un seguro estándar que incluye protección frente a vejez, ¡imaginad qué va a pasar! Todas las noticias estarán llenas de titulares: «¡Las chicas que desaparecieron hace diez años han vuelto tan jóvenes como el día en que desaparecieron!». Atraeremos la atención de los medios, los científicos, los doctores, etcétera. ¡Y sin duda habrá quienes no nos crean y nos consideren unas estafadoras sin vergüenza!

—¡NO! —gritó de nuevo desgarradoramente Arthuria, asustando aún más a Carbo. Por ello, el mastín se refugió bajo la manta de la cama y simuló no estar allí.

En ese momento, Lancitel se calmó y agitó filosóficamente un dedo en el aire, como en la pantalla de un móvil.

«Pobrecilla…», pensó Arthuria, mirando a su amiga. «Se ha vuelto completamente loca por la tensión…».

Pero, contrariamente a sus expectativas, Lancitel dijo:

—Chicas, he descubierto cómo usar el «interfaz de juego». Si clicas en el aire con el dedo dos veces en el icono del directorio, este se abre. Y allí está la sección «Tiempo estándar de estancia». Si lo abrís, dice que a final de la estancia de diez años en el lugar donde nos ha enviado el «Viaje multimedia a través de tiempos y singularidades», volveremos al lugar del que fuimos transportadas. Al mismo momento y la misma hora. Así que el pánico de los padres y la terrible noticia parecen posponerse.

Arthuria hizo incrédula lo que Lancitel había dicho. Marilyn hizo lo mismo. Para su sorpresa, consiguieron realmente abrir los directorios, donde vieron la sección correcta, apropiadamente entre «Aceptación del usuario» y «Presentación». ¡Y todo estaba escrito en su idioma! Y allí estaba escrito:

«El tiempo estándar en los distintos tiempos y singularidades empleado por los usuarios de este acuerdo es de 10 años de calendario del planeta en el que estás. El tiempo de estancia puede extenderse si haces una solicitud adicional y das tu consentimiento. No es posible un retorno anticipado a tu casa y tu singularidad, debido a posibles consecuencias negativas en el continuo espacio-tiempo.

»En una situación crítica, serás automáticamente transportado a un subespacio y criogenizado hasta que vuelvas a tu tiempo y singularidad nativos.

»Al final de la estancia y para retornar a tu tiempo y singularidad nativos, volverás al mismo periodo desde el que se realizó el transporte, tres momentos después de dicho transporte.

Posible margen de error: más o menos dos momentos. Convertidos a unidades de tipo familiares para el usuario, un momento equivale a un segundo.

»El retorno se realiza a un momento cercano al momento del transporte, para evitar problemas con el continuo espacio-tiempo. Para más información, puedes contactar con el Servicio de Soporte en la dirección de correo astral siguiente».

A esto le seguían unos símbolos extraños, que recordaban vagamente a runas antiguas.

—¿Y esto qué significa? —preguntó Arthuria cuando acabó de leer.

—Que volveremos a casa aproximadamente en el mismo momento en que nos transportaron aquí —contestó Marilyn—. Por un lado, eso es bueno, pues nadie nos echará de menos. Nuestros padres no se asustarán y los medios de comunicación no estarán llenos de noticias sobre nuestro milagroso retorno. Pero hay un punto muy negativo: hasta entonces, no podemos volver. Y eso no está claro: ¿podremos volver más tarde? Y hasta que volvamos, tendremos que sobrevivir en este lugar: en otro mundo y en otro tiempo. Espero que nuestra «armadura invisible» del seguro estándar funcione bien si se necesita.

—El seguro garantiza protección contra dolor, enfermedad y cualquier tipo de violencia de los locales… —suspiró Arthuria.

—Y parece que el sistema del «Viaje multimedia a través de tiempos y singularidades» es como un juego de reptiloides. O de otros alienígenas —añadió Lancitel—. Igual que nosotros tenemos videojuegos con transporte real a otros mundos y periodos de tiempo. ¿O es algún tipo de turismo?

—Oh, esta vez no queremos discutir contigo… —Sus dos amigas suspiraron.

Viviane y Carbo las miraban con interés. La bruja del bosque se abstuvo de comentar, pero el perro decidió de todos modos mirar desde debajo de la manta.

—Pero si esto fuera un verdadero juego o «turismo» de reptiloides o de otros alienígenas, ¿por qué nos han traído aquí? —preguntó razonablemente Arthuria.

Y pensó involuntariamente: «¡Ya estoy pensando en reptiloides y alienígenas completamente en serio! ¿Qué me pasa?»

—¿Un accidente? —sugirió Marilyn.

—¿O un experimento social? —añadió Lancitel.

—Quién sabe… —Sus amigas suspiraron profundamente.

—Podemos resumir —dijo Arthuria después de pensarlo un poco—. La situación no es la peor, pero tampoco la mejor. En el lado positivo, tenemos un seguro estándar que debería protegernos. Al menos en teoría, en la práctica, mejor no arriesgarnos. Y debemos volver en el mismo momento en que desaparecimos. Por tanto, en teoría, no tenemos que preocuparnos por parientes y amigos… En la práctica, espero que sea así… En el lado negativo: en cualquier caso, estamos aquí completamente solas, en un mundo sin Internet, sin las comodidades habituales y sin habilidades básicas de supervivencia. Reconozcámoslo: no podemos sobrevivir en el bosque y solo sabemos cocinar bocadillos y calentar comida en el microondas. Y en cuanto a nuestras habilidades de orientación sobre el terreno, mejor me callo…

Las muchachas suspiraron profundamente. Normalmente no habían escuchado en la escuela, no solo las lecciones de supervivencia en el bosque, sino tampoco las de tareas del hogar. Aunque su profesora de tareas del hogar de la escuela siempre decía:

—¡Todos deberían saber coser y cocinar! ¡Tanto chicos como chicas! ¡Son habilidades básicas que pueden resultar útiles en cualquier momento! ¡Puede ocurrir que tiendas y otros frutos del progreso desaparezcan!

—¿Cómo va a ser eso posible? —preguntó escéptica Arthuria un día—. ¿Cómo podrían desaparecer las tiendas y otros frutos del progreso?

—¿Y si os transportan al pasado o a otro mundo, como en las historias fantásticas? —respondió entonces la profesora de tareas del hogar.

Todos en la clase rieron, tomando sus palabras como una broma. También Arthuria, Marilyn y Lancitel

Hasta ese momento, las tres pensaban que, si era necesario, podían buscar todo en Internet, usar trucos, llevar su ropa a un taller barato para que la arreglara y comer en un café o comprar productos preparados para microondas. Y ahora estaban en una situación muy distinta… Para ser más exactos, todo había ocurrido exactamente como había bromeado una vez su profesora de tareas del hogar: las chicas se encontraban en el pasado y en otro mundo…

… Entretanto, Arthuria, Lancitel y Marilyn seguían pensando en voz alta.

—Bueno, probablemente deberíamos encontrar trabajo —sugirió Marilyn—. Pero me temo que nuestra educación y nuestras habilidades son inútiles en este mundo. No conocemos las costumbres locales, ni las normas, ni las leyes, ni las peculiaridades de su vida… Arthuria, ¿tienes alguna idea? ¡Estás estudiando para ser profesora de historia!

—No, pienso lo mismo que tú. —La muchacha sacudió la cabeza—. Además, yo estudio historia en general. ¡No estoy especializada en ninguna época concreta! Solo puedo enseñar en la escuela.

—Me sigue sorprendiendo que hayas decidido ser una profesora de escuela —dijo de repente Lancitel, saliéndose del tema—. ¡Nunca has querido enseñar nada a los niños!

—Bueno, seré una mala profesora. — Arthuria agitó una mano—. Enseñaré siguiendo el principio de que si el alumno sabe de qué van las lecciones, puedo darle un aprobado. ¡Pero tendré un horario flexible y tiempo para mis aficiones! ¡Puedo seguir con la esgrima y la música! Y si no tengo un salario suficiente, ganaré más como profesora particular.

—Qué horrible eres… —suspiró Marilyn—. Aunque yo también soy horrible: quería estudiar matemáticas y mecánica, pero no pude defender mi derecho a estudiar lo que quisiera. Y, ante la insistencia de mis padres, estudio para ser actriz… Y en realidad mis habilidades también son inútiles en este mundo… Por otro lado, gracias a ellas, puedo hacerme pasar por una maga. Y tratar de fabricar mecanismos sencillos. ¡En teoría, sí sé esto y por fin puedo intentar ponerlo en práctica! Solo tengo que saber a qué nivel de desarrollo está aquí la mecánica.

«Um. Seguiré tratando de orientarme en el entorno local», pensó Arthuria. «¿He aprendido historia en vano?»

—Y yo puedo ser adivina —dijo Lancitel. Y de repente se dio cuenta—: ¡Oh! ¡Parece que mis habilidades son ahora las más útiles! ¡Puedo dibujar yo misma un mazo de cartas de tarot si consigo el material apropiado! ¡Creo que si dibujo un tarot para mí misma, las predicciones serán buenas! ¡Después de todo, estará totalmente cargado con mi energía!

—Pero la pregunta sigue siendo la misma: ¿dónde y cómo podemos encontrar un trabajo? —Sus amigas suspiraron profundamente al mismo tiempo.

Hubo una pausa en la habitación.

—¿Tal vez podríamos ser músicos ambulantes? —sugirió Lancitel.

—No es una buena idea —Arthuria sacudió la cabeza—. No sabemos qué se considera aceptable o inaceptable en este mundo. Pueden ejecutarnos solo por una mala actuación… —Luego recordó la póliza estándar de seguro del sistema del «Viaje multimedia a través de tiempos y singularidades» y añadió—: Ah, no, no nos ejecutarán… Estamos aseguradas contra todo tipo de violencia de los locales… Me pregunto si será una armadura invisible u otra cosa.

Entretanto, Viviane escuchaba atentamente a las muchachas sin interrumpirlas. Y entonces, inesperadamente para todas, sugirió:

—Queridas damas, después de escuchar vuestra conversación, me he dado cuenta de que sois personas con dotes muy versátiles Y yo me pregunto: ¿por qué no os presentáis al Juicio Real?

—¿El Juicio Real? —preguntó sorprendida Arthuria.

—Sí, el Juicio Real —confirmó la bruja del bosque—. Como os he contado antes, nuestro rey Uther no tiene herederos directos. Así que ha anunciado un Juicio Real, que empieza hoy mismo en la ciudad de Camelot.

—¿Pero no nos has dicho tú misma que los herederos más probables al trono son su esposa Igraine y la hija de esta y el duque Gorlois, Morgause? —Marilyn estaba sorprendida.

—Es verdad —asintió Viviane—. Lo más probable es que una de ellas sea la ganadora. Por eso muchos no creen en su veracidad y creen que el Juicio es solo una formalidad para transferir legalmente el poder a su esposa o la hija de esta. Si pasan el Juicio, nadie será capaz de negar su poder en el futuro.

¿Pero entonces qué sentido tiene que participemos en el Juicio? —preguntó razonablemente Lancitel.

—¡Porque es un lugar en el que podéis mostrar vuestras habilidades y hacer contactos útiles! —dijo sonriendo la mujer.

—Pero ¿cómo pueden los extranjeros participar en ese acontecimiento? —preguntó también razonablemente Marilyn.

—¡Bueno, no es un problema! ¡El rey Uther dijo que la gente de lugares lejanos puede participar también! ¡Es otra razón por la que mucha gente piensa que el Juicio Real es solo una formalidad!

Arthuria, Marilyn y Lancitel se miraron. Entendieron que no tenían otra opción. Al fin y al cabo, en esos diez años que estaban obligadas a estar en ese mundo, tenían que vivir en algún lugar, comer algo y todo eso. Era improbable que la armadura invisible (o lo que estuviera incluido en la póliza estándar) les ayudara a conseguir comida.

—Lady Viviane, cuéntanos más cosas —dijo firmemente Arthuria.

—Entonces escuchadme, señoras… —replicó la bruja del bosque.

Parte 2: ¡El juicio real empieza!
Capítulo 3. El inicio del Juicio Real

Tierra, singularidad 20-01, año 5546 desde la Creación del Mundo según el calendario del Imperio Etrusco, Gran Bretaña, ciudad de Camelot.

El rey Uther estaba sentado en una silla de madera junto a una ventana de su castillo en la ciudad de Camelot. Y su mente estaba abrumada por lúgubres pensamientos.

El destino no había dado hijos al rey. Pro muy triste que fuera admitirlo, el problema era claramente suyo y no de la reina Igraine, pues Su Majestad tenía una hija, Morgause, nacida de su primer matrimonio.

Cuando Lady Igraine enviudó (su marido, el duque Gorlois, había muerto en batalla quince años antes), la mujer guardó el luto durante el tiempo prescrito. Después de acabarlo, el rey, que amaba a Igraine desde hacía mucho tiempo, le propuso matrimonio.

Por supuesto, ella accedió. ¿Qué mujer rechazaría ser reina de Camelot, una de las ciudades más prósperas de Gran Bretaña en esos tiempos turbulentos? ¡Además, su hija Morgause podría así vivir en la corte! Aunque el rey no hiciera de ella su hija adoptiva, la vida en la corte promete muchas posibilidades útiles a cualquier joven.

«En esos días, el amor me cegó y no vi la verdad de lo que tenía delante de mis narices…», Uther suspiró suavemente.

Por desgracia, lo cierto era que Lady Igraine no era en absoluto lo que el rey había imaginado…

«E inmediatamente después de la boda, sometió a la mitad de la corte…». Uther volvió a suspirar. «Y desde entonces tenemos enfrentamientos constantes…».

El rey se preguntaba a veces cómo no lo había advertido antes. ¡Es verdad lo que dice la gente de que el amor es malo y ciego!

Al principio, Uther estaba encantado de que su esposa mostrara un interés activo por los asuntos de estado. En la singularidad 20-01, la historia había tomado un rumbo distinto y las mujeres tenían muchos derechos. Así que todos en Gran Bretaña sabían que una reina debía ser fuerte y capaz de gobernar al país en caso de que un rey fuera en campaña militar. Si era necesario, una reina podía convertirse en regente de un heredero menor de edad si el rey moría prematuramente. Y una reina podía heredar el poder si un rey no tenía herederos propios…

Pero, según Uther, Igraine estaba lejos de la imagen de una gobernante sensata. Le parecía que solo pensaba en su propio bienestar y beneficio, sin preocuparse en absoluto por el pueblo. ¿Qué ocurriría si moría sin dejar un heredero y la reina llegaba al poder?

—¡Vuestra Majestad! —Uther oyó la dulce voz de su esposa detrás de él. A menudo se acercaba silenciosamente, tomándolo por sorpresa.

El rey se dio la vuelta y vio a su esposa. Era una belleza pelirroja mucho más joven que él. En quince años de matrimonio, no había cambiado mucho.

—¡Mi reina! —El rey trató de responder con otra sonrisa, mirando escépticamente el nuevo collar de su esposa. A menudo gastaba dinero del tesoro en cosas como esa. Y también a menudo defendía la instauración de nuevos impuestos y el aumento de los existentes. Raramente perdonaba a sus súbditos y apoyaba firmemente el endurecimiento de los castigos por los distintos delitos. Y sus propuestas no se extendían solo a los plebeyos, sino también a los nobles—. ¡No te he oído! ¿Cuánto tiempo llevas aquí?

—¡Oh, acabo de llegar! Hoy es el día del Juicio Real —dijo— y vengo a preguntarte cómo te encuentras.

—Oh, mi reina, ¡hoy me encuentro extraordinariamente bien! —respondió Uther.

Últimamente se había sentido mal: algunas enfermedades crónicas habían empeorado y viejas heridas volvían a dolerle. El rey sentía que se acercaba la muerte. Y entendía que si no se ocupaba del asunto del heredero a corto plazo, la próxima gobernante tras su muerte sería Igraine. Y luego sería Morgause.

«Morgause… ¿Cómo una muchacha tan buena en el pasado se ha convertido en tan avariciosa y dura como su madre? ¡Con ellas, nuestro reino estará condenado! ¡Debo llevar a cabo el Juicio Real! ¡Y elegir un heredero digno!», pensó.

—Querido, ¿qué es entonces el Juicio Real? —preguntó entretanto Igraine— ¡En realidad, no conozco los detalles! Aun así, todos lo consideran solo una formalidad, que se convertirá en una razón adicional para que el poder pase a mis manos.

«No es una formalidad». El rey rio para sus adentros. «Pero si aprueba el Juicio Real tendré que mantener mi palabra regia… Igraine se convertirá en reina y nuestra gloriosa Camelot estará condenada… ¡Su comportamiento es completamente contrario a las ideas de humanidad que aprendí en los tratados de los filósofos del Imperio Etrusco!»

Dijo en voz alta:

—¡Mi querida reina! ¡Deseo sinceramente la felicidad de mi reino! ¡Por eso hago este juicio! Pero la gente tiene razón: tienes todas las posibilidades de aprobarlo.

«Y no son pequeñas… Pero sigo esperando algo mejor…», añadió mentalmente.

—¿No quieres que tu amada esposa se convierta en heredera al trono? —Igraine sonrió dulcemente, sintiendo indignación.

«¡Vejestorio! ¿No entiendes que soy la mejor candidata para gobernar Camelot, ya que no hay herederos directos?», se le pasó por la cabeza a Igraine. «¡El pueblo necesita una reina fuerte, no un idiota ingenuo que sea demasiado blando con todos! ¡En ese caso, el reino se irá a la ruina!».

—¡Querida! ¡Solo quiero que todo esté claro en Camelot! —respondió el rey—. Y, como he dicho, tienes muchas posibilidades de conseguir el trono.

«Por desgracia…», pensó de nuevo Uther.

—Bueno, espero que el Juicio Real sea justo, como todo lo que normalmente haces, querido —dijo la reina.

«Hace todo mal», pensó ella. «¡Es demasiado blando! ¡Nuestros vasallos se han relajado tanto que normalmente no pagan impuestos! ¡El tesoro está vacío! ¡La delincuencia aumenta en la ciudad! ¡Y el rey se indigna siempre que reclamo castigos más severos y cuando compro joyas, aunque sean una inversión! Puedo venderlas en momentos difíciles… ¡Pero Uther me considera el "enemigo" y cree que sería una mala gobernante de Camelot! Sí, hasta ahora esta ciudad está prosperando en comparación con el resto de las tierras de Gran Bretaña, pero ¿qué pasará si las cosas continúan así?»

—Tel vez sea ya hora de que vayamos al Juicio Real —dijo el rey mientras trataba de levantarse de la silla.

Últimamente tenía dificultades para caminar, así que se apoyaba en un bastón especial. Después de dar unos pasos, Uther sintió un dolor repentino en el pecho y una gran debilidad. Se daba cuenta: realmente no le quedaba mucho tiempo…

«Pero antes tengo que hacer algo. Tengo que elegir a un candidato apropiado para ser el nuevo gobernante de Camelot», se le pasó por la cabeza. «No importa quién sea: un hombre o una mujer, una persona de noble cuna o un plebeyo, joven o no, local o extranjero… ¡Después de todo, la historia de algunas provincias del Imperio Etrusco incluía casos en que personas dignas de lugares lejanos se convertían en gobernadores! ¡Y habían gobernado bien! ¡Así que Camelot tendría un gobernante digno! ¡Quien apruebe completamente el Juicio Real! ¡Y así continuará la prosperidad de la ciudad!».

Por desgracia, Uther no se daba cuenta de que Igraine tenía toda la razón. La realidad era que sus vasallos se habían «relajado» realmente y no pagaban impuestos con regularidad. El tesoro real estaba vacío y los delitos aumentaban, ya que la gente ya no temía sufrir castigos rigurosos. Y comprar joyas como inversión era una buena manera de ahorrar dinero. Después de todo, siempre podían revenderse con beneficios, por ejemplo, a joyeros etruscos. Todos sabían que a las mujeres etruscas les gustaban mucho las joyas. Y los joyeros, tras «retocarlas» un poco, las vendían aún más caras a las damas ricas.

Por supuesto, a veces Igraine actuaba con una dureza excesiva. Pero Uther era demasiado blando.

Tal vez si en su momento el rey no se hubiera visto cegado por la belleza de Igraine, habría prestado más atención a su carácter. E Igraine, si no se hubiera visto seducida por el estatus de reina, habría encontrado alguna manera de rechazar correctamente a Uther. Y así ambos no habrían experimentado ese silencioso desprecio que tenían el uno por el otro.

Sin embargo, si Uther se hubiera casado entones con una mujer más blanda, no se sabe qué habría pasado ahora con Camelot. La influencia de Igraine en la corte, así como sus acciones beneficiaban de todos modos a menudo al país.

Sin embargo, a veces el destino lleva a la gente por caminos completamente desconocidos e impensables, de forma que al final acababan en un escenario completamente inesperado para todos… ¿O no?

***

—Hasta donde yo lo entiendo, en este mundo, por el momento, la principal potencia mundial es el Imperio Etrusco — resumió Arthuria después de que Viviane hubiera terminado de hablar brevemente sobre ello.

Caminaban por el bosque hacia Camelot. Arthuria, Marilyn y Lancitel llevaban sus instrumentos musicales y mochilas por si acaso. Porque, según Viviane, «no se sabe qué puede ser útil en el Juicio Real».

Por el camino, la bruja del bosque contó a las muchachas cosas de ese mundo, de Gran Bretaña y de Camelot. Por alguna razón, hablaba acerca del Juicio Real en términos generales, como cuánto tiempo hacía que se había anunciado y que todos podían participar en él y dónde iba a tener lugar.

—Sí, pero últimamente el Imperio Etrusco se ha debilitado mucho por los ataques de los bárbaros del norte —confirmó Viviane.

—¡Guau! —dijo afirmativamente Carbo, que había decidido acompañar a su amiga humana.

—En nuestro mundo pasó algo similar con el Imperio Romano —contestó pensativamente Marilyn—. Era el imperio más poderoso en su momento, pero se debilitó gradualmente y perdió su influencia.

—Este mundo es algo similar al nuestro, pero diferente —añadió Lancitel—. Y, si lo he entendido bien, el rey Uther estudió la filosofía de los filósofos etruscos en su juventud, ¿no? Y adoptó las ideas del humanismo y la equidad. Pero a la reina y a algunos cortesanos no les gustaban. Como los vasallos empezaron a pagar mal sus impuestos, el tesoro empezó a vaciarse y la delincuencia en la ciudad aumentó… —Al decir esto, la muchacha se dio cuenta de una cosa. Y dijo—: Espera, lady Viviane, pero ¿no has calificado antes tú misma a estas tierras como las más prósperas de Gran Bretaña?

—Sí, es verdad —replicó esta—. Hasta ahora, estas tierras, por algún milagro, han conseguido prosperar. ¿Pero qué va a pasar? Si llega al poder alguien tan blando como Uther, los vasallos se declararán independientes y el tesoro quedará totalmente vacío. Pero si la reina o alguien con mal genio como ella llega al poder, tampoco podrá evitarse el descontento del pueblo… De hecho, nuestra prosperidad está ahora mismo en un equilibrio precario…

— Lady Viviane, dices cosas muy sensatas —dijo Arthuria de repente—. Por lo que he entendido de tus palabras, en este mundo solo la mitad de la gente sabe leer y aun menos, alrededor de un tercio de la población, escribir. Es decir, que las cosas no van bien con respecto al nivel de alfabetización… Es algo que me sorprendió inmediatamente: hablas de una manera muy literaria. Aunque esto sea producto del funcionamiento del sistema del «Viaje multimedia», es raro que sea tan bueno corrigiendo la manera de hablar. También sabes mucho acerca del sistema estatal y entiendes de este tema. No eres solo una bruja del bosque y una adivina, ¿verdad?

Hubo una pausa.

—Sí, es verdad —asintió finalmente Viviane—. No se lo he contado a nadie por aquí, pero creo que os lo puedo decir a vosotras tres: ¡sois extranjeras de otro mundo! Soy una adivina fugada de Roma, la provincia del Imperio Etrusco. Nuestra familia es muy antigua y hemos servido por mucho tiempo a los gobernantes de la provincia. Pero hace siete años una de mis predicciones no gustó al gobernante local… Enfureció y estuvo a punto de encarcelarme. Tuve que huir. Recogí todas mis cosas y a mi amigo Carbo y subimos a bordo de un barco mercante rumbo a Gran Bretaña. ¡Aquí no nos buscarían! ¡Está demasiado lejos de Roma!

—Eso explica muchas cosas —asintió Marilyn—. También a mí me parecía extraño que hablaras tan bien para ser una adivina de esta época.

—¿Entonces, en vuestro mundo, en una época similar, en nivel cultural de la gente era aproximadamente el mismo que en la nuestra? —preguntó Viviane.

—¿Guau? —Carbo parecía preguntar lo mismo.

—Eso creo —contestó Arthuria—. Llamamos a ese periodo la Edad Media.

—¿Y en vuestro tiempo, en el que vivís, hay mucha gente alfabetizada? ¿O es que vosotras, como señoras, soy de origen noble?

—No, nosotras somos lo que en tu época probablemente se llamarían «plebeyas» o «simples pueblerinas» —contestó Arthuria—. El nivel de vida en muchos países ha aumentado enormemente y la educación básica se ha convertido en obligatoria para todos. Todos deben al menos acabar la escuela. La educación en las escuelas es casi toda gratis. En nuestro país, la educación es completamente gratuita en las escuelas de primaria y secundaria. Aunque he oído que, en algunos países, la escuela secundaria es de pago. La cscucla dura normalmente diez, once o doce años. Y luego se puede estudiar más, en una especialidad concreta.

—¡Qué interesante! —A Viviane estaba claro que le gustaba oír esto—. ¡Tal vez vuestro mundo y época sea un lugar maravilloso!

—¡Guau! —Carbo agitó el rabo. Parecía como si el perro entendiera realmente cada palabra.

«En absoluto… En algunos países, los niños siguen sin poder acceder a la educación…», pensó Arthuria con tristeza, no atreviéndose a decirlo en voz alta y decepcionar así a la adivina. «Es solo que mis amigas y yo tuvimos la suerte de nacer en un país relativamente próspero…».

Lancitel no fue tan clemente con los sentimientos de Viviane y dijo:

—Nuestro mundo y nuestra época parecen prósperos a primera vista, pero no es así en todas partes. En algunos países, los niños, por diversas razones, no pueden ir a la escuela para aprender al menos a leer y escribir. El mundo sigue desgarrado por guerras y el problema del hambre es acuciante en varias regiones. Sencillamente, nosotras tres tuvimos la suerte de nacer en un país relativamente próspero. Por eso fuimos capaces de acabar la escuela y seguir estudiando. Y de ir al festival de música.

—… Y acabar aquí, aunque esto sea algo fuera de lo normal —remató Marilyn.

Sabía que Lancitel no siempre pensaba en los reptiloides y en Marte retrógrado y entendía la situación en el mundo mucho mejor de lo que parecería a primera vista. Y darse cuenta del que había mucho dolor y sufrimiento en el mundo la entristecía. Arthuria tenía sentimientos similares.

Así que, para distraerse de pensamientos tan tristes, Marilyn preguntó:

—Pero hasta ahora, lady Viviane, no hemos oído lo más importante: ¿qué es el Juicio Real? Solo nos has hablado en términos muy generales.

—¡Oh, nadie lo sabe aún! —respondió—. ¡Solo se sabe que tendrá lugar en la plaza mayor! El rey anunciará los detalles allí. Por cierto, ahí está Camelot. ¡Mirad, se ve en la distancia!

—¡Guau! —confirmó Carbo.

Tan pronto como dijo esto, las muchachas olieron un extraño aroma que les llegaba por el aire. Y eso olor era…

—¿Mierda? —exclamaron al unísono.

La ciudad realmente olía enormemente a excremento, tanto humano como animal.

—Ah, sí… —Arthuria suspiró con una mirada de fatalidad—. Recuerdo que en las lecciones de historia los profesores nos decían que durante la Edad Media no había mucha higiene… En las ciudades a menudo no había agua corriente ni alcantarillas. En el mejor de los casos, los excrementos se echaban en letrinas y a veces en la calle… Así que no olía demasiado bien…

—¡Es eso! —dijeron pensativamente Lancitel y Marilyn.

¿De qué habláis, queridas? —Viviane estaba sorprendida—. ¡La ciudad de Camelot fue un fuerte etrusco en el pasado! ¡Se construyó hace trescientos años, durante el intento de los etruscos de colonizar el territorio británico! Pero hace cien años el Imperio Etrusco abandonó esta aventura y se retiró. Pues debido a lo alejado de las posesiones principales y a la resistencia constante de los habitantes locales, les era difícil gobernar las tierras británicas.

Así que, hace cien años, el Imperio Etrusco dejó estas tierras, abandonando sus fortalezas y villas. Por supuesto, las fortalezas y villas bien construidas no quedaron vacías por mucho tiempo y fueron ocupadas por los gobernantes locales. La ciudad de Camelot apareció del mismo modo: los gloriosos antepasados del rey Uther llegaron al fuerte etrusco abandonado. Se habilitó el fuerte, la ciudad creció a su alrededor y se empezó a conocer como Camelot. ¡Hay agua corriente y alcantarillado en la ciudad! ¡Todas las ciudades y asentamientos de los etruscos tienen agua corriente y alcantarillado! ¡Y los habitantes de Gran Bretaña también aprendieron a construirlos! ¡Todas las heces se echan en letrinas y se usan para fertilizar los campos! ¡Si no, no se podrían evitar las epidemias debidas a la suciedad! ¡Todo el mundo lo sabe!

Las muchachas se miraron desconcertadas. Pero había algo seguro: al menos la gente en la Singularidad 20-01 conocía la importancia de la higiene y que todo tipo de epidemias podían aparecer por falta de limpieza.

—¿Entonces qué es este olor insoportable? —preguntó Arthuria.

—¿Qué olor? ¡Sinceramente, no entiendo de qué habláis! —Viviane esta sorprendida.

—¡Guau! —Carbo la apoyó.

«Probablemente esté acostumbrada a él y por eso no lo huele…» —pensaron al tiempo Arthuria, Lancitel y Marilyn.

La habían adivinado: eso era exactamente lo que pasaba.

—Lady Viviane, ¿no hueles nada en absoluto? —le preguntó Marilyn de todas formas.

—Um, realmente hay algo… ¡Ah, ya entiendo: en vuestro mundo y época probablemente no haya eso! —supuso la adivina—. ¡Es el olor de los campos alrededor de la ciudad! Todas las tierras vecinas, así como las de más allá, pertenecen al reino de Camelot, Por cierto, no recuerdo si os lo he dicho. El reino de Camelot se llama así por la ciudad de Camelot. Así que esta ciudad en nuestra capital.

—¡Sí, lo has dicho! —asintieron las muchachas.

Y los cierto es que Viviane ya se las había arreglado para decirlo. Pero Marilyn, Lancitel y Arthuria se dieron cuenta de que la adivina era una persona muy emotiva y algo distraída. Así que a veces olvidaba lo que había dicho antes.

«Aun así, el olor es insoportable… ¿De verdad este es el olor de los campos?», se preguntó mentalmente Arthuria. «¿Será mejor la ciudad? No, es poco probable… Si tiene letrinas y está rodeada por estos campos ¿por qué iba a oler mejor allí?».

Iba a tener razón. Entretanto, seguían acercándose cada vez más a la ciudad. Por el camino, se encontraron con algunos habitantes. Miraban asombrados a Arthuria, Marilyn y Lancitel y sus «extrañas» ropas y sus cajas «raras» con instrumentos musicales. Y, al no atreverse a acercarse y preguntar directamente, la gente susurraba:

—¿Vienen de lejos? ¿Viajeras de tierras lejanas?

—¡Unas damas nobles han llegado para el Juicio Real! Pero ¿dónde está su séquito?

—Tal vez sean del Fair Folk. ¡Son muy altas!

De hecho, las muchachas enseguida se habían dado cuenta de que su estatura era mayor que la de los residentes locales.

«Los profesores nos enseñaron en la clase de historia que en la antigüedad la estatura media de la gente era menor», pensó Arthuria. «Según algunas versiones, la razón de esto era el hecho de que la comida en aquellos tiempos era más escasa y menos variada. Y la gente no tomaba tantas vitaminas como en los tiempos modernos…».

Pero cuando oyó hablar del Fair Folk, quedó sorprendida. ¡Los habitantes del Fair Folk eran personajes del folclore antiguo europeo! ¡Elfos, hadas y cosas así!

«Probablemente a los locales les parezcamos algo realmente raro». Arthuria suspiró mentalmente.

No le gustaba mucho atraer la atención en la vida normal. ¡La atención del público cuando su grupo musical estaba sobre el escenario era otra cosa! Pero el resto del tiempo, eso le hacía sentir incómoda.

—Queridas damas, creo que podréis encontrar fácilmente contactos útiles en el Juicio Real —dijo Viviane—. Muchachas bellas y bien educadas como vosotras pueden tratar de entrar al servicio de alguna dama noble. ¡Después de todo, todos saben que las damas nobles siempre están tratando de incorporar jóvenes dignas a su séquito!

—¿Bien educadas? Parecemos muy normales… — Marilyn estaba sorprendida.

—En los tiempos antiguos, debido a la inaccesibilidad a la educación, la idea de los modales era muy distinta —supuso Arthuria.

Se daba cuenta de que, en ese mundo y momento, incluso con sus modales, parecerían ser unas jóvenes damas bien educadas. Y su apariencia bastante normal aquí se consideraría muy atractiva. Por desgracia, en tiempos antiguos, debido a la mala nutrición, falta de vitaminas, trabajo agotador y ausencia de una medicina normal, mucha gente no tenía su mejor aspecto. Y no hacía falta hablar en absoluto sobre cosméticos… Por tanto, las mujeres nobles que podían permitirse comer alimentos más variados, cuidar de sí mismas, tener acceso al menos a algún tipo de medicina y no realizar un trabajo agotador, tenían mucho mejor aspecto que las campesinas e incluso las ciudadanas normales. Y a veces se las consideraba bellezas por las razones más banales…

—Por cierto, damas de otro mundo, hace rato que siento curiosidad… Si no es indiscreción, lleváis unos grandes laúdes con vosotras en esos estuches, ¿verdad? —preguntó Viviane, mirando con interés las fundas de las guitarras eléctricas que llevaban en sus manos Arthuria y Marilyn.

—Son guitarras eléctricas —explico Marilyn—, pero tienes razón: son también instrumentos musicales. Y son realmente algo parecido a laúdes.

—¿Así que sabéis música? ¡Entonces sin duda encontraréis una señora rica! —dijo Viviane admirada—. ¡A las damas ricas les encanta tener muchachas en su séquito capaces de tocar instrumentos musicales!

Y pensó para sus adentros: «¡Su mundo y su tiempo son tan asombrosos!».

—Tenemos un grupo musical. —Lancitel sonrió— ¡Y yo soy la solista!

—¡Sabes cantar! —dijo de nuevo admirada Viviane—. ¡Y me parece, lady Lancitel, que dijiste que eras buena en la adivinación!

—¡Sí, puedo leer las cartas del tarot, sé astrología y hago horóscopos!

—¡Oh, si, astrología y horóscopos! ¡Yo también lo aprendí cuando vivía en Roma!

Mientras Lancitel y Viviane charlaban entusiasmadas acerca de los diversos métodos de adivinación, toda la compañía se acercaba a Camelot.

«Al menos el olor no ha empeorado», pensaron para sí mismas Arthuria y Marilyn, mirando a su alrededor con interés.

La ciudad las recibía con sus altas murallas de piedra. Exteriormente, parecían las murallas normales de una ciudad, propias de las construcciones de Gran Bretaña durante la Edad Media. En el interior, las muchachas vieron casas sorprendentemente pintorescas de piedra o madera en distintos estilos.

Había tanto casas «minimalistas» sencillas como algún edificio en el que sus constructores habían tratado de representar columnas e incluso techos esféricos.

Las calles estaban sorprendentemente bien pavimentadas. Los caminos hechos de esta manera bien podrían haber sido romanos, pero en la Singularidad 20-01, la evolución de la historia había seguido otro rumbo. Y uno de los papeles clave de este mundo lo había desempeñado el Imperio Etrusco. Sin embargo, las similitudes con el Imperio Romano del mundo pasado de Arthuria, Marilyn y Lancitel no eran sorprendentes. En su mundo, Roma había experimentado una gran influencia de los etruscos. Y en este mundo, en la Singularidad 20-01, Roma era una de las provincias del Imperio Etrusco, lo que también había posibilitado un intercambio cultural.

Y, para sorpresa de Arthuria, las calles estaban bastante limpias. «Um, es probable que la higiene en este mundo no sea tan mala como en el nuestro durante la Edad Media», pensó. Y de repente se dio cuenta de algo: «Um, ¿y si en nuestro mundo los asuntos higiénicos durante este periodo no eran tan malos como pensamos? ¿E historias sobre cosas desagradables como derramar los excrementos en la calle han pervivido hasta hoy? ¿Incluso aunque la mayoría de la gente no hiciera eso? Bueno, es difícil conocer la verdad. ¡Bueno, salvo que alguien de nuestro mundo tenga la oportunidad de viajar en el tiempo!».

Estaba pensando, pero al mismo tiempo no estaba completamente perdida en sus pensamientos. Y veía a la gente cuchicheando a su alrededor, mirándole a ella y a sus amigas. Además, muchos se preguntaban por qué caminaba con ellas la bruja del bosque.

—¿Por qué está Viviane con esas chicas tan raras? —decía uno.

—¿Vienen también al Juicio Real?

—¡Sí, se admite a extranjeros en el Juicio real! —respondía otro.

—¿Pero por qué está la bruja del bosque con ellas? ¿Ha hecho alguna predicción?

Pero algo más atraía la atención de todos…

—¡Mirad! ¡Son gente del Imperio Etrusco! —La gente empezó a desviar su atención de inmediato.

—¿También ellos saben del Juicio Real?

—¡Gran Bretaña acaba de librarse de su influencia! ¿De verdad quieren recobrar el poder sobre nuestras tierras?

—Parecen tener intenciones pacíficas… ¡Mirad: sus espadas están envainadas y sus lanzas inclinadas hacia el suelo!

—¡Si aprueban el Juicio, el rey Uther tendrá que mantener su palabra regia y darles el poder!

—¡No os preocupéis, muchos dicen que el Juicio es solo una formalidad para entregar el poder a la reina Igraine y así evitar cualquier descontento!

—¡Exactamente! ¡Probablemente los etruscos solo hayan venido para entablar negociaciones comerciales!

Arthuria, Marilyn, Lancitel y Viviane miraron atrás y vieron la solemne delegación. El líder era un joven guapo con pelo largo y oscuro, vestido con una túnica de estilo antiguo y cabalgando un caballo blanco. Su ropa indudablemente recordaba las túnicas y armaduras antiguas romanas, pero al mismo tiempo era distinta: el estilo del drapeado, detalles y adornos. Una espada corta pendía de su cinturón.

El joven estaba rodeado por soldados vestidos con armaduras ligeramente más modestas y armados con lanzas (como había advertido antes un ciudadano, las puntas apuntaban directamente al suelo). También cabalgaban caballos y parecían muy duros.

—¿Son de verdad etruscos? —preguntó Marilyn a Viviane.

—Sí, sin duda —replicó esta. Se la veía preocupada: de hecho, nadie en Camelot esperaba esa aparición—. Por lo que se ve, han venido aquí navegando en sus barcos. Al fin y al cabo, cerca de Camelot hay un puerto al que llegan muchos barcos mercantes.

—¡Así que es este el aspecto que habrían tenido los etruscos si su civilización hubiera durado hasta la Edad Media! —no pudo dejar de comentar Arthuria. Aunque iba a convertirse en profesora de historia sobre todo por el horario flexible, trataba de estudiar. Y esto la interesaba.

—Entonces, ¿entre los etruscos, las mujeres ocupan una posición elevada en la sociedad? —preguntó de repente Lancitel. Al mismo tiempo, miraba al joven del caballo.

—Sí, por supuesto —Viviane se sorprendió ante su pregunta—. Había algunas restricciones en el pasado, pero las cosas no han durado mucho tiempo… Las mujeres pueden incluso servir en el ejército, en guarniciones que protegen ciudades. Aunque solo se envían hombres a luchar en guerras de conquista. ¿Por qué lo preguntas?

—¡Porque su líder es una amazona bien guapa! —Lancitel se había sorprendido en su momento.

Y entonces Marilyn, Arthuria y Viviane se dieron cuenta de que se habían equivocado un poco…

—Ya veo que es una joven… —pensó en voz alta la adivina—. Qué raro… Hace poco estaba leyendo runas y estas me dijeron que pronto viajeros lejanos vendrían aquí y traerían prosperidad a estas tierras…

—Probablemente al principio pensaste que éramos nosotras —se dio cuenta Lancitel—. Pero cuando has visto a los etruscos llegar, te han entrado las dudas.

—Tienes mucha razón —aceptó Viviane.

—¿Tu predicción mostraba una amenaza?

—No.

—¡Entonces está bien!

—De verdad, no tengo que preocuparme…

Marilyn y Arthuria solo se miraron una a otra escépticamente: no creían en la adivinación. Aunque ya habían entendido que Lancitel había encontrado un alma gemela en ese mundo.

El desfile de los etruscos pasó junto a las muchachas y la adivina que las acompañaba. Los etruscos miraron a las muchachas con gran asombro. Era comprensible: tampoco ellos habían visto ropas tan extrañas.

Sin embargo, los etruscos inmediatamente trataron de esconder su asombro, decidiendo aparentemente que las muchachas pertenecían a la nobleza de otra ciudad o reino de Gran Bretaña. Y los recién llegados de allende los mares no querían parecer unos ignorantes.

Los etruscos se alejaron, dejando en ascuas a Arthuria, Lancitel, Marilyn, Viviane y los demás habitantes de la ciudad de Camelot.

Las muchachas y la adivina se limitaron a mirarse entre sí y se dirigieron a la plaza principal de la ciudad. Al fin al cabo, el Juicio Real tenía que celebrarse allí.

Y la hora se iba acercando rápidamente. Pues, como les habían dicho, en este mundo, la Singularidad 20-01, había relojes. ¡Sí, eso es: relojes! Aquí, igual que en el mundo de Arthuria, Lancitel y Marilyn, el día se dividía en 24 horas. Por supuesto, no se usaban relojes mecánicos, sino sobre todo de agua.

«Sin embargo, ¿por qué me sorprendo?», se dijo Arthuria. «También en nuestro mundo, ya en el antiguo Egipto, el día se dividía en dos periodos de 12 horas. La gente usaba entonces grandes obeliscos para seguir el sol. Y según una versión, fue en el antiguo Egipto donde se inventó el reloj de agua. Y en algún sitio he leído que también se usó en la antigua Mesopotamia, en la antigua China y en la antigua Persia... ¡Después de todo, es muy incómodo vivir son controlar el tiempo! ¿Y si este mundo no es tan antiguo y retrasado como me parecía a primera vista?»

La muchacha sonrió al pensarlo y eso no pasó desapercibido a sus amigas.

—¿Se te ha ocurrido algo? —preguntó Lancitel.

—Pues no. —Arthuria negó con la cabeza—. Pero acabo de pensar que tal vez este mundo sea un poco más confortable de lo que pensaba al principio.

—¡Oh, yo estaba pensando lo mismo! —corroboró Lancitel.

—¡Y yo! —afirmó Marilyn—. ¡Encontremos una buena patrona para servirla durante los diez años que tenemos que estar en este mundo!

—¡Si encontráis una patrona noble, yo también me beneficiaré! —asintió contenta Viviane—. ¡Después de todo, me recompensará generosamente en gratitud por el hecho de haberle presentado unas jóvenes damas tan encantadoras y capaces de hacer música!

«Ahora está claro por qué nos ayuda…», adivinaron las muchachas. Y de repente se dieron cuenta de algo:

—Por cierto, ¿qué tipo de música en este mundo se considera aceptable y cuál no? —preguntaron al tiempo.

—¡Oh, no os preocupéis! —les respondió Viviane—. ¡Toda la gente educada de Camelot, lo que incluye a las damas nobles, entiende que la gente forastera tiene su propia cultura! ¡Podéis discutir todo eso con vuestra patrona cuando la encontréis!

Animadas por sus palabras, Arthuria, Marilyn y Lancitel la siguieron a la plaza mayor de la ciudad. Aún no sabían lo que les esperaba. Y tampoco sabían lo equivocadas que estaban en muchos sentidos…

Capítulo 4. El Juicio Real

Tierra, Singularidad 20-01, año 5546 desde la Creación del Mundo según el calendario del Imperio Etrusco, Gran Bretaña, ciudad de Camelot.

—¡Así que, querido pueblo de Camelot, toda Gran Bretaña y viajeros de tierras lejanas! —gritó el rey Uther, de pie en una plataforma en medio de la plaza mayor. Estaba rodeado por la guardia real—. ¡Como sabéis, para mi gran tristeza, los dioses y el destino no me han enviado un heredero! ¡Y tengo una edad en la que es necesario resolver un asunto tan importante como la sucesión al trono! ¡Por supuesto, de acuerdo con las tradiciones de nuestra tierra, si un rey no tiene hijos, su esposa, es decir, la reina legítima, puede heredar el trono!

La reina Igraine, quien, junto con su hija Morgause, estaba a su lado rodeada por su séquito y sus guardias, se limitaron a intercambiar miradas escépticas. Por supuesto, conocían esa ley. Pero ambas dudaban de que el rey hubiera decidido realizar el Juicio Real para que la reina mejorara su posición. Al tiempo, entendían que si Igraine se comportaba dignamente durante el Juicio, el rey tendría que entregarle el trono, pues, si no, quebrantaría su palabra real y eso no solo le haría perder la cara, sino que deshonraría a sus antepasados.

Sin embargo, Igraine se daba cuenta de que, como no sabía nada del próximo Juicio, no tenía ninguna ventaja sobre los demás participantes.

«En realidad, cualquier puede heredar el trono…», pensó sombríamente, mirando con cuidado a su alrededor a quienes querían participar en el Juicio. Se agrupaban en torno a una plataforma separada y vallada de una manera especial y estaban escoltados por los criados del castillo, siguiendo las órdenes del rey. La reina, junto a su hija Morgause, estaba en pie rodeada por su séquito y sus guardias un poco a un lado, aunque era uno de los participantes. «¡Uther es solo un viejo chalado! ¿Y si los etruscos que han venido aquí heredan el trono? ¿Van a participar o no? Están cerca de los posibles participantes, pero también pueden estar allí por ignorancia… ¿Y si algún mercader hereda el trono? ¡También hay señores y damas de otros reinos de Gran Bretaña! ¿Y quiénes son esas extrañas muchachas que están con Viviane, la bruja del bosque? ¿Qué reino tiene una moda tan asombrosa?».

Puede parecer extraño que la reina conociera a la bruja del bosque. Pero la propia Igraine la había visitado varias veces, de incógnito. Preguntaba si lograría lo que quería. Al fin y al cabo, la reina no podía preguntar directamente si se iba a convertir o no en la única gobernante. Así que tenía que formular la pregunta de una forma vaga: ¿lograría lo que quería? Y Viviane consultaba las runas y decía: «Todo depende de vos, querida dama. Pero sin duda tomará más tiempo del que esperabais al principio».

Morgause, una muchacha de veinte años y pelo oscuro que se parecía mucho a su difunto padre el duque Gorlois, compartía totalmente la opinión y los sentimientos de su madre. Y pensaba: «¡Pase lo que pase en este Juicio, mi madre o yo debemos pasarlo! ¿De verdad el rey quiere que el trono vaya a extraños? ¡Es una locura! ¡Aunque es improbable que los etruscos hayan venido aquí precisamente por esa razón! Probablemente solo sea una coincidencia… No podían saberlo. Aunque solo sea porque el viaje desde el Imperio Etrusco hasta Gran Bretaña dura al menos una semana en un barco normal. Y eso suponiendo que partan desde un puerto en sus posesiones galas. Pero no todas las tierras galas están sometidas al Imperio Etrusco, sino solo la parte meridional… ¡Y las noticias del puerto tienen que llegar a la nobleza!».

De hecho, los galos se resistían a los etruscos con tanta ferocidad que no podían ser sometidos. En el mundo de Arthuria, Marilyn y Lancitel, el Imperio Romano había tratado de someter las tierras galas. Y las tribus galas habitaban los territorios de Francia, Bélgica, partes de Suiza, Alemania y el norte de Italia. Y la Singularidad 20-01 era en muchos sentidos similar al mundo de origen de las muchachas.

Entretanto, Morgause preguntaba en voz baja a su madre, Igraine:

—¿Qué creéis, madre? ¿Han venido aquí los etruscos por casualidad? ¿Y es una coincidencia que hayan llegado «a tiempo»?

—Eso creo —asintió Igraine—. El rey anunció el Juicio hace solo diez días. Y envió mensajeros por toda Gran Bretaña. Aun así, tengo un pálpito acerca de estos etruscos… ¡Aunque no supieran nada del Juicio, no han podido venir aquí sin ninguna razón!

La reina aún no sabía lo proféticas que resultarían ser sus palabras…

Y el rey, mientras tanto, seguía hablando:

—¡Querido pueblo de Camelot, toda Gran Bretaña y viajeros de tierras lejanas! ¡Anuncié el Juicio Real hace solo diez días, pero veo que mucha buena gente ha venido a participar! ¡Veo gloriosos señoras y damas de tierras lejanas de Gran Bretaña! ¡Me asombra que hayáis sido capaces de venir aquí tan rápidamente!

De hecho, la mayoría de los nobles señores y damas de tierras lejanas de Gran Bretaña sencillamente no habían podido físicamente llegar tan rápido. Solo habían llegado a Camelot quienes, casualmente, estaban relativamente cerca por una razón u otra.

Por supuesto, el rey lo sabía muy bien. Por eso había anunciado el Juicio solo diez días antes: para limitar el número de candidatos. Pero, por supuesto, sabía que alguien de otras tierras vendría a participar.

Por cierto, nadie entendía el plan del rey, ni siquiera Igraine ni Morgause.

—¿Os preguntáis todos en qué va a consistir el Juicio? —continuó hablando Uther. Todos los reunidos en la plaza le escuchaban atentamente y ninguno susurraba siquiera a otro—. ¡Lo llevo pensando mucho tiempo! Y os diré algo ahora mismo: ¡es posible que el Juicio dure varios días!

Todos en la plaza se miraron sorprendidos. ¿Sería un torneo de caballería? ¿Dónde estaban entonces las tribunas y el campo? Si no era un torneo, ¿qué otra cosa podría llevar unos días?

Uther continuó tranquilamente:

—¡El Juicio constará de tres partes! ¡Para empezar, los que quieran participar se presentarán y dirán quiénes son y, si es posible, demostrarán sus talentos!¡Y luego hablaremos! ¡Haré preguntas sobre cómo actuaríais en esta o aquella situación, si os convertís en el gobernante de Camelot! ¡Y al final del juicio habrá un intento de sacar la espada sagrada Caliburn de la piedra!

El rey señaló a un lado de la plataforma en la que estaba. Arthuria, Marilyn y Lancitel habían visto una piedra enorme a lo lejos, pero no le habían prestado atención. «¡Es solo una piedra! ¡Nada más!», habían pensado. Pero ahora, al mirar con más cuidado, advirtieron que la empuñadura de una espada cubierta de musgo sobresalía de su superficie.

—¡Vuestra Majestad! ¡Es imposible! —exclamó Igraine—. ¡Caliburn fue incrustada en la piedra por vuestro hermano Ambrosius Aurelianus! ¡Lo hizo antes de abandonar Camelot, entregándoos el trono! ¡Lord Aurelianus dijo que, si el país se enfrentaba a la dificultad de elegir un gobernante, el futuro rey o reina sería capaz de sacar la espada! ¡Muchos lo han intentado para desafiar vuestra candidatura al trono! ¡Pero nadie lo ha conseguido!

Arthuria, Marilyn y Lancitel se miraron expresivamente: lo que estaba pasando empezaba a parecerse a la historia habitual del rey Arturo. ¡Como se sabe, también sacó la espada Excalibur de la piedra!

—Si mi hermano incrustó la espada en la piedra, es posible sacarla de la piedra, mi reina —replicó Uther—. Pero si, aun así, nadie saca la espada de la Piedra, nombraré a un sucesor basándome en las dos primeras partes del Juicio Real. ¡Igualmente, si no me gusta cómo pasa el candidato las primeras dos partes del Juicio, esa persona no se convertirá en gobernante ni siquiera si puede sacar la espada! ¡Esto es lo que yo declaro, Uther Pendragon, rey de Camelot, ante todos los testigos que se han reunido en esta plaza! ¡Si encuentro difícil elegir, tendremos una reunión del pueblo y elegiremos a la persona más apropiada de todos los candidatos! ¡Así solo heredará el trono una persona verdaderamente digna de él!

Igraine y Morgause se quedaron paralizadas. Eran presa de emociones encontradas. La reina sabía que a la gente común no le gustaba especialmente por su carácter severo. Tampoco les gustaba Morgause. Por otro lado, el pueblo de Camelot conocía desde hacía años a Igraine y Morgause y por tanto sabía qué esperar de ellas.

«Si todo se reduce a una decisión en la reunión del pueblo, hay una posibilidad para mí y para mi hija de conseguir el poder», se dio cuenta la reina. «¡Es poco probable que el pueblo quiera ver a un señor o una dama de otras tierras en el trono! ¡E indudablemente no querrá ser gobernado por un joven etrusco!».

Igraine miró atentamente a los extranjeros. No se había dado cuenta de que el líder de los etruscos era en realidad la muchacha. Sin embargo, eso no cambiaba en nada lo esencial.

Los etruscos, por su parte, mantenían exteriormente la calma.

—Lady Minerva, ¿estáis segura de que ha sido una buena idea llegar a Camelot sin avisar y con un saquito tan modesto? —preguntó a su señora uno de los soldados etruscos.

—Estamos aquí con intenciones pacíficas —replicó la muchacha llamada Minerva—. Y el hecho de que el Juicio Real esté teniendo lugar tal vez sea un buen augurio. ¡Es como si los mismos dioses de los etruscos, el dios del trueno Tin y la diosa del hogar Uni, estuvieran de nuestro lado! ¡Y la diosa de la sabiduría, Minerva, de la que llevo su nombre, también nos apoya! Con respecto al aviso, en nuestro caso, podemos llegar sin él. Después de todo, somos mensajeros.

Los etruscos prefirieron no discutir más detalles. ¡Había muchos oídos curiosos alrededor!

Y entretanto el rey Uther proclamaba:

—¡Cualquiera que dude de sus habilidades puede rechazar por adelantado el Juicio Real! ¡La renuncia a tiempo es también una manifestación de valentía! ¡Nadie os juzgará! ¡Pues todos entendemos que quien pase el Juicio tendrá una norme responsabilidad!

Por un momento, todos los candidatos agrupados en torno a la plataforma especialmente vallada para ellos quedaron paralizados. Después, aproximadamente un tercio de los participantes se retiraron. Ciertamente, nadie los condenó. Todos entendían que el destino del reino y de todos sus habitantes dependía del resultado del Juicio.

Arthuria, Marilyn y Lancitel también dudaron.

—Lady Viviane, ¿tal vez deberíamos retirarnos también? —preguntó Arthuria—. Solo queremos encontrar una patrona…

—Para ser sincera, yo tampoco esperaba que el Juicio Real se realizara así… —La adivina suspiró—. ¿Pero exhibir vuestras habilidades no os ayudaría en vuestra búsqueda de una patrona?

—¡Oh, por supuesto! ¡Al fin y al cabo, así podemos tocar música y cantar! —se alegró Lancitel.

—Pero antes advertiremos a la audiencia de que hemos venido desde lejos, así que no sabemos qué tipo de música se considera aceptable en estas tierras. Y que no queremos ofender a nadie con nuestra creatividad —añadió Marilyn.

Eso es lo que decidieron.

—Si ya se han ido todos los que tenían dudas, ¡que empiece el Juicio Real! —anunció en voz alta Uther.

Golpeó tres veces su bastón de mando sobre la plataforma en la que estaba. Esto significaba, no solo el inicio del Juicio, sino asimismo una orden a los criados: estos trajeron inmediatamente a la plataforma una silla cómoda para el rey. Este, tratando de mantener un rostro imperturbable, se sentó en ella. Pero aun así estaba claro que no le resultaba fácil. No era ningún secreto que estaba viejo y débil.

Por supuesto, oficialmente estaba prohibido hablar de esas cosas. A los sirvientes del castillo se les había ordenado estrictamente mantener sus bocas cerradas. Pero seguían corriendo rumores más allá del Castillo. Aun así, incluso con rumores, todos entendían que, dada la edad de Uther, no le quedaba mucho tiempo…

—¿Quién será entonces el primero el realizar el Juicio Real? —preguntó Uther.

Como cabía esperar, fue la reina Igraine la primera en adelantarse. ¿Qué quería decir «adelantarse» en concreto? Antes de ello, estaba en pie con su hija, Morgause, un poco aparte del resto de los participantes y a cierta distancia del rey, rodeada por su séquito y guardias. La reina y su hija no podían estar en la ciudad sin escolta. Así que, incluso ahora, Igraine se aproximó a la plataforma en el que estaba sentado el rey, acompañada por varios guardias (el resto se quedó cerca de Morgause).

Esto no sorprendió a nadie: eran normas conocidas de etiqueta. Por el contrario, todos se habrían sorprendido si la esposa del rey estuviera sola.

—¡Pueblo de Camelot! —proclamó la reina, dirigiéndose a todos los reunidos en la plaza—. ¡Todos me conocéis, pues he sido vuestra reina durante muchos años! ¡También conozco las necesidades de nuestro reino! ¡Estas tierras necesitan una mano firme para reprimir cualquier altercado, protegeros y mantener el orden!...

Igraine continuó diciendo cosas inspiradoras durante un buen rato. «Suena como una mezcla de un político moderno y un gobernante de una historia de fantasía...», pensaron Arthuria, Marilyn y Lancitel.

Cuando la reina finalizó su presentación formal (aunque no la necesitaba), Uther empezó a hacerle preguntas sobre cómo gobernar el reino.

Para Arthuria, Lancitel y Marilyn, las respuestas de Igraine eran bastante razonables, de acuerdo con los cánones de la época, aunque a veces era innecesariamente estricta.

«Pero al escucharla entiendo que está dando a entender abiertamente que no todo va bien en el reino. Viviane también nos lo ha contado antes», apreció Arthuria. «Igraine deja educadamente claro que los vasallos se han relajado y no pagan sus impuestos, el tesoro se está vaciando, el crimen en la ciudad está aumentando... También considera que comprar joyas es una buena inversión, porque pueden venderse en caso de necesidad... ¡Igraine puede parecer dura, pero parece que realmente se preocupa por Camelot, todas las tierras del reino y sus habitantes!

Por la reacción de la gente reunida en la plaza, también quedaba claro que la reina no les entusiasmaba, pero estaban dispuestos a aceptarla como gobernante. Al fin y al cabo, la gente la conocía desde hacía muchos años y, por tanto, sabía qué podía esperar de ella.

Era difícil adivinar qué pensaba Uther de su esposa. Como gobernante, sabia ocultar bien emociones. Pero Arthuria, Lancitel y

Marilyn tuvieron la impresión de que dudaba de la reina. Aunque, si no había opciones mejores, por supuesto, le entregaría el trono.

… Cuando Uther e Igraine acabaron su conversación, la reina trató de sacar la espada de la piedra, pero, como cabía esperar, no lo consiguió.

Después de acabar su Juicio, Igraine se retiró a su lugar, un poco a un lado. El siguiente candidato para el Juicio era su hija, Morgause. La muchacha tenía en muchos asuntos la misma opinión que su madre. Tampoco pudo sacar la espada de la piedra. La gente reaccionó ante ella de una forma muy similar a ante la reina: sin entusiasmo, pero al menos conocían a Morgause desde hacía muchos años. Y, por tanto, todos sabían asimismo qué esperar de ella.

Después de que la hija de la reina volviera a su lugar, varios señores y damas de tierras vecinas quisieron participar en el Juicio. Las conversaciones con ellos resultaron cortas. Después de todo, una cosa es gobernar ciertos territorios y otra muy distinta todo el reino. En este sentido, Igraine y Morgause ganaban definitivamente. Los señores y las damas también fracasaron en sacar la espada de la piedra. Y, como cabía esperar, la reacción de la gente hacia los extraños fue negativa.

Después de los señores y las damas, hablaron varios respetables ciudadanos, mercaderes y representantes de los gremios. Pero Arthuria, Marilyn, y Lancitel tuvieron la impresión de que dichos ciudadanos, mercaderes y representantes no querían el poder en absoluto, sino que usaban el Juicio para exponer una serie de problemas acumulados, como el mal estado de los caminos y el número de robos en ellos, los impuestos adicionales y no siempre legales en las tierras de algunos señores y damas o un aumento en los delitos en la propia Camelot. Como demostración de sus talentos, mostraron sus bienes y productos. Por decirlo así, fueron una especie de anuncios publicitarios en un mundo sin Internet ni televisión.

La gente reaccionó con bastante indiferencia a los ciudadanos respetables, pues muchos estaban de acuerdo en los problemas que indicaban, pero nadie veía a estas personas como gobernantes. Y, por supuesto, ni los ciudadanos respetables ni los mercaderes ni los representantes de los gremios pudieron sacar la espada de la piedra.

El número participantes seguía disminuyendo. En todo caso, el Juicio Real iba claramente mucho más aprisa de lo que había esperado Uther en un principio. Para ser exactos, solo quedaban Arthuria, Marilyn, Lancitel y algunos bardos entre los participantes (no querían poder, sino «publicidad» y también buscaban patronos).

Arthuria, Marilyn y Lancitel estaban a punto de ir a presentarse ante el rey y los habitantes de Camelot cuando, de repente, una voz femenina alta y expresiva anunció:

—¡Queridos rey, reina y pueblo de Camelot! ¡Espero que no os importe si yo también participo en el Juicio Real!

Todos dirigieron su atención hacia la voz. Pertenecía al joven, el líder de los etruscos.

—¡Así que es una mujer! —susurró la gente, atónita.

—Pero ¿qué quieren los etruscos? ¡En todo caso, Uther no le entregará el poder a su líder!

—¡Por cierto, que ella habla nuestro idioma!

—¡Sí, lo habla! ¡Aunque la pronunciación de las palabras es algo extraña!

—¿Habrá venido aquí como mensajera y ahora quiere pedir algo? —sugirió uno de los mercaderes que había participado previamente en el Juicio.

Y esta suposición resultó ser la más cercana a la verdad…

Entretanto, la muchacha se dirigió a la plataforma donde estaba sentado el rey. Sus compañeros quisieron seguirla, pero les hizo un gesto para que se detuvieran.

—Pero lady Minerva… —trató de objetar unos de los soldados, en idioma etrusco.

—Estamos aquí con intenciones pacíficas —alegó ella, también en idioma etrusco.

De hecho, estaba muy preocupada y temerosa, aunque no lo mostrara de ninguna manera. Al mismo tiempo, Minerva sabía que ni el gobernante de Camelot ni sus súbditos caerían tan bajo como para dañar a un enviado. Porque en ese caso sin duda empezaría una guerra contra el Imperio Etrusco. Y en Gran Bretaña sin duda había otros reinos que querrían conseguir un «pedazo» de las tierras de Camelot. Así que el reino de Uther sería destruido…

—Como he dicho, cualquiera puede participar en el Juicio Real —contestó Uther a la mensajera etrusca.

Por su parte, no había objeción, sino interés por lo que estaba pasando. «¿Por qué han venido aquí los etruscos?», pensó.

Minerva respondió en idioma británico:

—¡Queridos rey, reina y pueblo de Camelot! ¡Dejad que me presente! ¡Soy Minerva, de la familia Herminia, consejero menor de la corte del Imperio Etrusco! ¡He sido nombrada como enviada al reino de Camelot! ¡Tras mi llegada a Gran Bretaña, en un puerto en las tierras de la costa de Cornualles, oí hablar del Juicio Real anunciado por vos, Vuestra Majestad, el honorable rey Uther! ¡Y su celebración me pareció una señal favorable!

—Querida lady Minerva de la familia Herminia, eres muy joven y ya ocupas el puesto de consejero menor. Y hablas bien nuestro idioma. ¿Lo has estudiado para tu misión? —preguntó Uther.

«Esta muchacha me recuerda a alguien», pensó involuntariamente. «Pero, ¿a quién? ¡No lo entiendo!».

—No, Vuestra Majestad, aprendí el idioma británico desde mi infancia. Mi abuelo era de estas tierras y enseñó su idioma a su hijo, mi padre. Y después mi abuelo me enseñó a mí, su nieta, este idioma.

—¿Tu abuelo era de estas tierras? —El rey sintió cierta curiosidad hacia la misteriosa mensajera—. ¿Es posible que yo lo conozca?

—Sí, Vuestra Majestad, lo conocéis muy bien. Creo que esto os dirá más que todas mis palabras. —Y tras decir esto, Minerva retiró la larga manga izquierda de su túnica de lino, mostrando su mano.

Uther se quedó paralizado por un momento, tratando de entender qué tenía delante. A primera vista, lo que veía no era especialmente notable: en la mano de la muchacha había un brazalete hecho de distintos materiales. Consistía en varios discos pintados de metal, que se unían por detrás con tiras de cuero.

El brazalete era evidentemente antiguo, muy desgastado, con arañazos y en los gruesos discos metálicos podían verse restos de un golpe lateral con un arma blanca. Los restos del golpe estaban justo sobre la imagen grabada de un dragón cubierto por un esmalte rojo. Los ojos del dragón eran dos rubíes.

A juzgar por su tamaño, el brazalete se había ideado originalmente para un hombre. Para la muchacha era evidentemente demasiado grande, aunque esta había apretado las tiras al máximo. En Gran Bretaña, muchos hombres llevaban joyas similares. La única diferencia era que el brazalete de Minerva estaba claramente fabricado por un artesano muy hábil. Un producto así era caro y ni siquiera un señor podía permitírselo.

—Eso es… —dijo finalmente Uther, dándose cuenta de lo que tenía ante sus ojos.

Igraine vio la reacción del rey con asombro, pero no entendió nada. Sin embargo, en su mente apareció una vaga sospecha. «¿De verdad?», se le pasó por un momento por la cabeza. La reina sintió un fuerte escalofrío en su interior: «¡No! ¡Es la peor opción de todas!».

E inmediatamente su sospecha se confirmó. Pues Minerva dijo:

—¡Vuestra Majestad, rey Uther Pendragon! Reconocéis este brazalete, ¿verdad?

—Dime, hija, ¿de dónde has sacado este brazalete? —preguntó Uther, conteniendo a duras penas el temblor y la emoción en su voz.

—Este brazalete pertenecía a mi abuelo. Y me lo dio hace unos años, antes de morir.

—¿Y cuál era el nombre de tu abuelo? —Uther luchaba por contener sus abrumadoras emociones.

—Ambrosius Aurelianus. Ese es el nombre de mi abuelo, Vuestra Majestad.

«¡No! ¡Es mentira! ¡Esta muchacha es una desvergonzada impostora!», estuvo a punto de gritar Igraine. Pero fue capaz de contenerse.

Y Arthuria, Marilyn y Lancitel pensaron en ese momento: «¡Son solo estereotipos de un juego de fantasía! ¡Después de esto, Uther reconocerá a Minerva como su sobrina nieta y se abrazarán!».

Y acertaron. Pues, siguiendo las convenciones del género, Uther dijo a Minerva;

—¡Hija! Estaba pensando: ¿a quién me recuerda? ¡Ahora me doy cuenta de que eres muy parecida a Ambrosius cuando era joven! ¡Ven aquí y déjame abrazarte!

Por supuesto, el rey actuaba muy ilógicamente, pero en ese momento estaba completamente abrumado por emociones increíblemente sentimentales e irracionales y no pensaba en absoluto que Minerva hubiera podido conseguir la joya de otro modo. Por ejemplo, comprándosela o arrebatándosela a los nietos de Ambrosius. Uther tampoco pensó en que Minerva podía herirlo. ¡Por supuesto, no podía matarlo allí mismo, en medio de la plaza! ¡Sería una locura, especialmente para la propia muchacha! Si hundiera un puñal en el corazón del rey, los guardias acabarían inmediatamente con ella. Pero sí podía arañarlo con una aguja envenenada escondida en uno de sus anillos o sus dedos...

Los guardias que estaban junto al gobernante de Camelot pensaron en el peor escenario. Pero, por suerte para todos, y especialmente para el propio Uther, Minerva en realidad no tenía malas intenciones.

Así que lo que hubo fueron unos abrazos familiares muy normales. Todos los reunidos en la plaza veían sorprendidos lo que estaba pasando. Múltiples pensamientos inundaban las mentes de la gente. Los más numerosos eran: ¿es esta muchacha realmente la nieta de Ambrosius? ¿Es etrusca, pro al mismo tiempo pariente del rey? ¿Será su heredera? ¡Si pasa el Juicio Real, tiene todas las posibilidades de convertirse en la heredera! ¡Pero, aunque sea su pariente, es una forastera etrusca! ¡Mejor que sea Igraine la que consiga el trono!

La propia Igraine estaba increíblemente indignada en ese momento, intercambiando miradas significativas con Morgause. La muchacha compartía completamente las emociones de su madre. Tampoco le gustaba lo que estaba pasando y consideraba a Minerva, si no una impostora, al menos una indudable intrigante con malas intenciones.

Entretanto, Uther dejó su tan sentimental e ilógico abrazo con su sobrina nieta y dijo:

—¡Hija, cuéntame todo sobre Ambrosius! ¿Cómo fue al Imperio Etrusco? ¿Cómo vivió? ¿Y qué te trae aquí?

—Sí, Vuestra Majestad... —replicó Minerva.

Y empezó su historia...

Resultó que después de que el hermano de Uther, Ambrosius, abandonara Camelot muchos años antes, se fue de viaje. Quería encontrar algo que beneficiara a Camelot y su pueblo. Durante algún tiempo viajó por Gran Bretaña de incógnito y luego fue a tierras galesas. Y después el destino lo llevó al Imperio Etrusco.

Allí conoció a una mujer de la familia Herminia y se enamoró de ella. Ella le correspondió y finalmente se casaron.

Por supuesto, la familia de la mujer estaba en contra de su boda. ¿Casarse con un británico sin raíces (Ambrosius no dijo nada acerca de su origen)? ¡Insólito! Pero la mujer era porfiada y al final su familia tuvo que aceptarlo.

Sus padres ayudaron a Ambrosius a entrar en el ejército y este ascendió rápidamente en el escalafón. Como consecuencia, parientes de su esposa reconocieron que «Ambrosius no es un completo inútil».

Ambrosius y su esposa tuvieron un hijo. Y cuando el hijo creció y se casó, nació Minerva.

Cuando Minerva pudo conseguir un puesto de ayudante de consejero menor hacía unos años, Ambrosius se sintió enfermo. Por desgracia, a su edad (era mayor que Uther) las enfermedades eran a menudo fatales.

En el mundo moderno, debería haber sanado con seguridad, pero en el estado de la evolución de la Singularidad 20-01, el nivel de la medicina era insuficiente…

En su lecho de muerte, Ambrosius llamó a su nieta, le dio su brazalete, que había llevado toda su vida y le contó la verdad sobre su vida.

—Así descubrí que mi abuelo era de Camelot. Y que, antes de irse, confió el reino a su hermano menor, Uther Pendragon, es decir, a vos, Vuestra Majestad —acabó Minerva su historia.

—Pero, ¿por qué no me envió nunca un solo mensaje? ¿Por qué no me contactó? —Uther trataba de controlar sus abrumadoras emociones, pero no podía resistirse a hacer estas preguntas—. ¡Durante todos estos años no he sabido si mi hermano estaba vivo o había muerto hacía tiempo! ¡Qué feliz habría sido sabiendo que tenía una familia en el Imperio etrusco!

—Mi abuelo me dijo que temía que esto pudiera causar confusión en Camelot —replicó Minerva—. Había oído que vuestro reinado era satisfactorio, Vuestra Majestad. Y mi abuelo no quería rumores ni agitaciones innecesarios en Gran Bretaña. Además, le preocupaba no haber podido encontrar algo que pudiera beneficiar a Camelot y sus habitantes. Esto le entristecía. Y esa fue también la razón por la que nunca tuvo valor para contactaros. Pero echaba mucho de menos Camelot. Y a vos, Vuestra Majestad.

—Eso es tan… —En ese momento, el rey parecía un hombre viejo sentimental muy normal, quien, después de una larga separación, se encuentra con sus parientes. En general, así era.

Por un momento, hubo un silencio incómodo en la plaza. Todos entendían que la situación no era la más favorable. Si Minerva era la nieta de Ambrosius, lo que significaba que era la sobrina nieta de Uther, de hecho, era como si también fuera su nieta. Así que era una posible heredera al trono de Camelot. Pero, al mismo tiempo, era una súbdita del Imperio Etrusco. Por tanto, ahora todos los habitantes de Camelot preferirían ver como heredera no especialmente querida, pero familiar para todos y local a Igraine o Morgause. Pero no a la extranjera del país contra el que toda Gran Bretaña había peleado en el pasado.

Por suerte para todos, Minerva entendió perfectamente la incomodidad de la gente. Así que dijo:

—Vuestra Majestad, creo que debo aclarar algo desde el principio. A pesar de la historia de mi abuelo, no he venido aquí a reclamar de algún modo el puesto de vuestra heredera. Que haya llegado a Camelot el día del Juicio Real no es más que una coincidencia. O, como dice la gente en el Imperio Etrusco: «La diosa de la Fortuna me ha sonreído». Porque, gracias al Juicio Real, puedo hablar aquí y ahora, delante de muchos testigos. Y puedo declarar el propósito de mi visita de tal manera que no haya dudas de que las intenciones del Imperio Etrusco en este caso son pacíficas.

—¿Y cuál es ese propósito? Habla, hija —dijo Uther.

—Una alianza entre los sajones y otras tribus del norte —contestó sencillamente Minerva.

Una ola de sorpresa atravesó las filas de la gente reunida en la plaza. En tiempos recientes, los sajones habían acosado tanto al Imperio Etrusco como a Gran Bretaña en sus correrías.

«¡La historia de este mundo es realmente muy similar a la nuestra!», pensó involuntariamente Arthuria mientras asistía a la conversación que tenía lugar en la plaza. «En nuestro mundo, la antigua tribu germánica de los sajones también atacó Gran Bretaña. Pero no había oído que atacaran el Imperio Romano, cuyo lugar en el mundo ha sido tomado por el Imperio Etrusco… Por lo que recuerdo, Roma cayó ante hunos, vándalos y otras tribus… ¿Pero de qué estoy hablando? ¡Este mundo, aunque haya muchos momentos similares, sigue siendo distinto!».

—Es verdad que los sajones se han hecho fuertes últimamente. —Uther suspiró—. Se han unido a hunos, vándalos, visigodos, francos y otras tribus bajo su mando. Hay rumores de que también se van a aliar con los galos.

«Está claro que en la Singularidad 20-01, las cosas han ido de forma muy diferente… Eso no pasó en nuestro mundo», apreció Arthuria, intercambiando miradas de complicidad con Marilyn y Lancitel.

—Lady Viviane, ¿por qué no nos has contado algo tan importante? —preguntó en un susurro.

—No he tenido tiempo… ¿No ha sido así en vuestro mundo? —dijo como respuesta.

—Fue algo similar, pero con diferencias sorprendentes —susurró Marilyn como contestación. También conocía bien la historia.

Entretanto, Minerva y Uther comentaban los problemas de la amenaza de los sajones, que habían unidos en sus manos a distintas tribus. Finalmente, Uther asintió graciosamente con la cabeza y dijo:

—La alianza contra los sajones es realmente importante. Si Camelot y otros reinos británicos se unen al Imperio Etrusco, podemos defender eficazmente nuestras tierras. Así que, siendo Uther Pendragon, rey de Camelot, declaro ahora mismo que entraremos en la alianza con el Imperio Etrusco. Seremos el primero de los reinos de Gran Bretaña en hacerlo. ¡Estoy seguro de que a otros gobernantes de Gran Bretaña les gustará unirse a vosotros!

—¡Muchas gracias, Vuestra Majestad! —contestó Minerva.

—¡Los detalles se discutirán más tarde, en la fiesta nocturna!

—¡Sí, Vuestra Majestad!

«Al menos no está tratando de reclamar el trono… Probablemente la han enviado porque su abuelo era británico. ¿O el Imperio Etrusco sabía que era pariente de Uther?», pensó Igraine.

Tenía razón: al principio, Minerva iba a ser enviada a Gran Bretaña porque conocía el idioma de los británicos, pero la muchacha habló sinceramente acerca de su abuelo. Ese fue el factor decisivo por el que fue enviada Camelot. Sin embargo, el Imperio no quería apropiarse de nuevo de las tierras británicas. Ya había tenido bastantes problemas con eso.

—Aun así, el Juicio Real todavía no ha acabado: la palabra del rey es la palabra del rey —dijo Uther—. ¡Hija, trata de sacar la espada de la piedra!

—¡Sí, Vuestra Majestad!

Minerva se dirigió a la piedra. Se detuvo por un momento. Su cara pareció cambiar de expresión durante unos segundos, como si hubiera entendido algo importante. Sin embargo, inmediatamente, la muchacha se limitó a caminar hasta la piedra y, como todos los demás, trató de sacar la espada. Por supuesto, no lo consiguió.

Después de eso, Minerva y el rey intercambiaron varias cortesías formales más. Y ella volvió con su séquito, en cuyas caras se podía leer un evidente alivio. Sin embargo, la misma cara de alivio se podía leer en las caras de los que se reunían en la plaza. La gente había entendido que los extranjeros no eran una amenaza, sino, por el contrario, aliados contra los sajones.

—¿Hay alguien más que quiera someterse al Juicio Real? — preguntó Uther, controlando del todo sus emociones. Pero en sus ojos se veía claramente su alegría por el inesperado encuentro con su sobrina nieta. Y el rey repasaba mentalmente posibles opciones de conversación con respecto a la oposición a los sajones que tendría que discutir con Minerva en la fiesta.

Entretanto, los pocos que quedaban que querían pasar el Juicio no podían recobrarse de la sorpresa después de las palabras de Minerva.

—¿Deberíamos ir? Seguimos teniendo que arreglar esto — sugirió Marilyn.

—Claro —asintieron Arthuria y Lancitel.

—Buena suerte a las tres —les dijo Viviane.

Y las tres muchachas se presentaron ante el rey.

—¡Jóvenes con ropas extrañas! ¿De dónde vienen? —susurraba la gente.

—¿Son de Fair Folk?

—¿O son extranjeras?

—¡En todo caso no son etruscas!

Es verdad que las muchachas llamaban la atención. Mientras habían estado entre los posibles candidatos al Juicio Real, no les habían prestado mucha atención: todos miraban las acciones de los participantes.

—¡Queridos rey, reina y pueblo de Camelot! —empezó a hablar Arthuria, «copiando» el inicio del discurso de Minerva—. ¡Espero que no os importe que nosotras tres hayamos decidido participar en el Juicio Real!

—¿Quiénes sois, señoras? ¿De qué tierras procedéis? ¿Y las tres vais a participar juntas? —Uther estaba sorprendido.

«¡Qué chicas más raras! ¿Y qué llevan en las manos? ¿Instrumentos musicales? ¿Son bardos o actrices?», pensaron Igraine y Morgause con escepticismo. No veían a las muchachas como una amenaza. Pero les atormentaba a ambas una extraña corazonada…

—Sí, Vuestra Majestad, no lo consideréis una imprudencia, pero participaremos todas juntas. Mi nombre es Arthuria.

—Y yo soy Marilyn.

—Y yo soy Lancitel.

—Somos cantantes viajeras—continuó Arthuria—. Venimos de un país muy lejano. Y espero que no consideréis impúdico que no vengamos al Juicio Real para convertirnos en reinas, sino para demostrar nuestras habilidades y encontrar una patrona.

—¡Oh, qué interesante! ¡Música extranjera! —reaccionó el rey—. ¡Por supuesto, os permito demostrar vuestras habilidades!

—Por desgracia, no sabemos qué se considera aceptable y decoroso en estas tierras y qué no —dijo Marilyn—. Así que excusadnos si nuestra música os parece inaceptable e inapropiada para vos.

—Por supuesto, todos somos gente razonable y entendemos que la gente tiene distintos gustos en distintas tierras. —Uther sonrió gentilmente—. Por favor, empezad.

Las muchachas se miraron contentas. Ya habían decidido qué canción tocarían cuando estaban camino de Camelot. Así que Arthuria sacó su guitarra eléctrica y Marilyn la suya. Tocaron las cuerdas y…

Y las guitarras eléctricas hicieron sonidos que la gente de Camelot no había oído nunca. Todos se quedaron paralizados por la sorpresa, tratando de entender qué estaba pasando. ¿Unos demonios estaban atacando Camelot? ¿O la música de las muchachas de tierras lejanas era tan distinta de la local?

Si, así era: el grupo musical aficionado Lovely Marshmallows, a pesar de su nombre, tocaba rock duro. Sus guitarras eléctricas funcionaban con paneles solares, así que no había problemas con el sonido, ni siquiera en Camelot, donde, por razones obvias, no había electricidad.

¡Y esos dos instrumentos musicales, según los habitantes de Camelot, hacían sonidos verdaderamente demoniacos!

Además de esto, Lancitel cantó con una voz profunda, terrible y etérea:

—¡Todo es oscuridad y putrefacción! ¡Soy un lobo solitario en este mundo sin sentido!...

Viviane, que esperaba cualquier cosa menos ese sonido, se quedó paralizada por la sorpresa. Los ojos de la reina Igraine y Morgause eran como platos. Incluso la expresión de Uther adoptó un aspecto tan complejo y confuso que mostraba al tiempo asombro, sorpresa, horror y... ¿algo de placer?

—¡Oscuridad y cenizas! ¡Oscuridad y putrefacción! ¡Nada tiene sentido!... —continuó cantando Lancitel con una voz etérea y terrible y Marilyn y Arthuria cantaban con ella.

Os preguntaréis en qué estaban pensando las muchachas al elegir esta canción concreta, que evidentemente sorprendió a los habitantes de la Edad Media. En realidad, habían elegido su composición más «aceptable y melódica», porque el resto eran aún más duras.

Las propias Lovely Marshmallows no consideraban que la canción *Oscuridad y putrefacción* fuera un éxito. Incluso sus suscriptores en Internet escribían entonces en los comentarios que «no está mal, pero las Marshmallows pueden hacerlo mejor». A los suscriptores les gustaban más las composiciones con los nombres

Los esqueletos llegan, *El apocalipsis está llegando*, *Garras de oscuridad* y *El ataque de las hormigas mutantes gigantes*. Y era *El ataque de las hormigas mutantes gigantes* lo que iban a tocar en el festival, pero, como ya sabemos, habían caído en la Singularidad 20-01… Las muchachas también tenían una canción que había obtenido una gran popularidad en Internet.

Esa canción tenía un título largo: *Mis vecinos son ruidosos por las noches y por eso he llamado a los demonios para reeducar a mis vecinos*. Según el argumento de la canción, unos vecinos anónimos del piso de arriba en un bloque de viviendas hacían mucho ruido pisoteando por la noche, ponían alto el televisor y «hacían rodar bolas de metal». Y el protagonista de la canción convocaba a los demonios que «reeducaban» a los vecinos de arriba, con la ayuda de la magia, haciéndoles oír exactamente los mismos ruidos que hacían, pero amplificados varias veces. Después de un tiempo, los vecinos se mudaban, gritando: «¡Estamos hartos de los demonios1». Y el protagonista podía vivir en paz.

La letra de la canción la había escrito Lancitel, que vivía en un edificio alto y sus vecinos de arriba hacían constantemente ruidos extraños por la noche. No ponían la televisión alta, no oían la música alta, no gritaban ni hacían fiestas ruidosas. ¡Pero tiraban cosas! Tanto la muchacha como sus padres se despertaban continuamente por la noche y a menudo no podían dormir durante un largo rato.

Todos los intentos de hablar con los vecinos acababan en un completo fracaso. Como a primera vista eran personas normales, no eran capaces de entenderlo: ¿por qué hacían tanto ruido? Simplemente, tiraban cosas por la noche… Casi todas las noches. Varias veces. Y, por cierto, no querían poner alfombras en el suelo (para absorber el ruido). A pesar de que los padres de Lancitel, cansados por la constante falta de sueño, incluso se ofrecieron a pagarlas.

En consecuencia, Lancitel y sus padres dejaron de tratar de negociar con ellos pacíficamente. Y en represalia, pusieron altavoces en sus habitaciones en armarios, es decir, bajo el falso techo. Y a veces oían música. Rock duro.

Como resultado, los vecinos de arriba llamaban para quejarse por ese «ruido insoportable». Pero como Lancitel y sus padres oían la música en horas legales, sus vecinos no podían hacer nada. Pero poco a poco se acostumbraron a tirar menos cosas por la noche.

Y así Lancitel acabó teniendo la idea para la canción *Mis vecinos son ruidosos por las noches y por eso he llamado a los demonios para reeducar a mis vecinos*

A Marilyn la canción le gustó inmediatamente y tomó de su amiga la experiencia de «reeducar a los vecinos», porque sufría el mismo problema. Arthuria también apreció el problema que mostraba la canción. Aunque vivía en un chalé, su vecino adolescente hacía de vez en cuando fiestas salvajes cuando sus padres estaban fuera trabajando. Pero, en este caso, la situación era más sencilla, porque todos los vecinos se quejaron a sus padres por sus ruidosas fiestas. Estos regañaron a su hijo. Por supuesto, el hijo fingió entenderlo, asintió con rostro compungido, dijo que no volvería a pasar, pero pronto volvió a haber otra fiesta ruidosa…

… La canción *Mis vecinos son ruidosos por las noches y por eso he llamado a los demonios para reeducar a mis vecinos* tuvo una respuesta muy apasionada en Internet, porque muchos residentes en bloques de pisos estaban familiarizados con este problema.

Pero para el festival, las muchachas habían decidido de todos modos interpretar la canción *El ataque de las hormigas mutantes gigantes*. Pero, como ya sabemos, cayeron en la Singularidad 20-01…

—¡Oscuridad y putrefacción! —acabó de cantar por fin Lancitel.

Arthuria y Marilyn hicieron sonar los últimos acordes. Y se detuvieron…

Había tanto silencio en la plaza que incluso se podía oír volar a las moscas…

«Parece que hemos fracasado… ¡Deberíamos haber cantado otra cosa! ¡No rock duro! ¿Pero qué? ¡Solo ensayamos nuestras canciones! ¡Cualquier otra música en nuestra actuación sonría horrible!», pensaron al mismo tiempo y en el mismo sentido Arthuria, Lancitel y Marilyn.

Ya se habían preparado mentalmente para ser expulsadas de Camelot por haber caído en desgracia. De repente, el silencio en la plaza se rompió por los ladridos de Carbo, el perro de Viviane, que había estado a su lado todo el rato.

—¡Guau! ¡Guau! —Sus ladridos sonaban inesperadamente alegres. Y el perro saltaba entusiasmado alrededor de la mujer.

Los habitantes de la ciudad conocían al perro de la adivina, así que no le tenían miedo. Pero sus ladridos parecieron sacar a la gente de su estupor y su sorpresa cultural.

—¡Es muy rara! —exclamó aprobadoramente un bardo.

—¡Si, es muy rara! ¡Y muy emocional!

—¡Es una pena que la canción sea tan corta!

—¡Qué canción tan extraña! ¡Y qué instrumentos musicales tan raros!

Una ola de aprobación recorría la plaza.

—No lo entiendo: ¿le ha gustado a la gente? —Marilyn estaba sorprendida.

—Parece que sí… —replicó Lancitel.

—Acabo de acordarme: en la antigüedad, los bardos interpretaban diversas sagas y poemas. Y su contenido no era siempre dulce y agradable —comentó Arthuria.

—¡Es verdad! ¡Ahora que lo dices, recuerdo que los cuentos de hadas en la antigüedad eran lúgubres! —exclamó Lancitel.

—Sí, es verdad… Los cuentos de hadas originalmente no eran tampoco para niños —coincidió Marilyn—. Es en el mundo moderno cuando se censuran y «suavizan», pero originalmente tienen muchos momentos tétricos. Por ejemplo, en *Pulgarcito* o *Hansel y Gretel*…

De hecho, en el cuento *Pulgarcito* sus padres, al no tener nada con que alimentar a sus hijos, los llevan al bosque y los abandonan allí. Y en *Hansel y Gretel* su padre acaba siendo convencido por su segunda esposa, lleva a sus hijos al bosque y también los abandona allí. Ambos cuentos acaban bien. Pero cuando Arthuria, Lancitel y Marilyn leían de niñas estos cuentos, siempre se sorprendían por la irresponsabilidad de unos adultos que se llevaban tan fácilmente a sus hijos al bosque y los abandonaban. En resumen, aunque los cuentos de hadas en el mundo moderno estuvieran «suavizados», seguían conteniendo muchos momentos muy poco humanos…

Solo se podía especular sobre cuáles eran los gustos de la sociedad en la antigüedad, antes de que los cuentos populares se «suavizaran».

—Parece que, sin sospecharlo, hemos entrado en el *top* local con nuestra música —añadió Lancitel—. ¿Tal vez deberíamos haber tocado *El ataque de las hormigas mutantes gigantes*?

—Tal vez… —coincidieron con ella sus amigas.

Entretanto, el ruido entusiasmado de la plaza había cesado. Y el rey Uther habló:

—¡Jóvenes damas, ha sido una canción extraña, pero definitivamente maravillosa! Tenía mucha vida y emociones! ¡Y vuestros instrumentos musicales y vuestra interpretación han sido sencillamente asombrosos! ¡El sonido era tan alto y claro! ¡Y tan… distinto!

A Uther definitivamente le había gustado. Pero seguía siendo el rey, así que dijo:

—¡En todo caso, el Juicio Real es el Juicio Real! ¡Aunque hayáis venido aquí a mostrar vuestras habilidades, debéis completar el Juicio! ¡Si no, rompería mi palabra real! ¡Así que empecemos a discutir sobre el gobierno del reino!

—¡Sí, Vuestra Majestad! —aceptaron las muchachas.

Y empezaron a charlar. Uther hizo varias preguntas sobre el gobierno del reino y Arthuria, Marilyn y Lancitel le respondían. Por ejemplo, el rey les preguntó sobre cómo debía comportarse el gobernante si los señores o las damas feudales a él subordinados rechazaban pagar impuestos o planeaban una sublevación. Todos los participantes previos en el Juico Real habían respondido a esta pregunta de manera similar: enviar embajadores para advertirlos, si era necesario, enviar un destacamento de soldados, reorganizar sus tropas para poner en su sitio al presuntuoso señor o dama feudal.

Pero Arthuria respondió inesperadamente:

—Si yo gobernara, impondría sanciones comerciales contra el señor o dama feudal recalcitrante.

—¿Qué? —El rey estaba sorprendido.

—Sí, Arthuria, eso no tiene gracia. —Lancitel frunció el ceño—. Eso pasa a menudo en nuestras tierras y las economías de los países sufren mucho.

Sensatamente, no dijo «en nuestro mundo», sino «en nuestras tierras». Una cosa era contar todo a la adivina Viviane, que ya se había encontrado con la artista de otro mundo, y otra muy distinta explicárselo a los habitantes comunes de Camelot. ¡No podían saber cómo reaccionarían!

—Sí, y aun así muchos países en nuestras tierras superan las restricciones comerciales desarrollando su producción y encontrando nuevos socios comerciales —añadió escépticamente Marilyn, también llamando prudentemente a su mundo «nuestras tierras».

—Pero aquí la situación es completamente diferente —replicó tranquilamente Arthuria—. ¡El sistema de transporte y el número de alternativas son completamente distintos!

—Sí, eso es… —concedieron Lancitel y Marilyn al unísono.

Finalmente entendieron lo que quería decir su amiga: en realidad, durante la Edad Media, al principio no había un sistema de transporte tan avanzado ni bienes alternativos ni tampoco tecnologías que permitieran a la gente establecer una producción dentro de su país. Y si se «bloqueaba» cualquier comercio con cualquier señor o dama feudal, eso le causaría graves problemas.

—Sus súbditos serían los primeros en expresar su descontento —continuó desarrollando su idea Arthuria— y los rumores se extenderían muy rápidamente por todas partes. Como consecuencia, el presuntuoso señor o dama feudal entenderá que su comportamiento ha causado el boicot comercial. Ir a la guerra contra el gobernante del reino cuando el pueblo está enfadado no es una buena idea. Por tanto, el señor o la dama feudal tendrá que reflexionar acerca de su comportamiento. Y finalmente entenderá que cooperar con el gobernante del reino es, ante todo, bueno para sus intereses.

—¡Um, una idea extraña! —exclamó Uther. Y entonces hizo otra pregunta razonable—: ¿Y qué pasa con los mercaderes? ¡Es poco probable que quieran incurrir en pérdidas! ¡Podrían enfurecer! ¡Y, para evitar pérdidas, los mercaderes aumentarían los precios de los productos a todos!

—Sin duda tenéis razón, Vuestra Majestad —concedió Arthuria—. Por tanto, el gobernante del reino tendría que proveer a su pueblo con la cantidad necesaria de dinero para comprar todos los bienes que los mercaderes planeaban vender en las tierras del presuntuoso señor o dama feudal. Si esos mercaderes tienen un gremio, será más fácil resolver ese problema a través del gremio. ¡Así los mercaderes no sufrirían pérdidas! Y comprarles sus productos costaría menos al Tesoro que empezar las hostilidades. Otros señores o damas feudales, al oír hablar de esto, pensarán si les merece la pena arriesgarse e ir a un enfrentamiento con el gobierno del reino.

—Um... —pensó el rey. E hizo otra pregunta—: Pero ¿y si el señor o dama feudal decide iniciar las hostilidades contra sus vecinos para reponer los recursos perdidos?

—En ese caso, sería necesario enviar destacamentos auxiliares a sus vecinos por adelantado para reforzar sus fronteras.

—¿Y qué habría que hacer con los mercaderes extranjeros que lleguen por mar? ¿Y con los mercaderes de otros reinos de Gran Bretaña?

—Enviad a gente leal con dinero a los puertos clave para que negocien con los mercaderes de ultramar para que no lleguen a acuerdos con los presuntuosos señores o damas feudales. Y, a cambio de ello, la gente leal comprará inmediatamente algunos de los productos de esos mercaderes. Lo mismo es aplicable a otros reinos de Gran Bretaña. La única diferencia es que la gente leal iría a rutas comerciales clave. Sin duda hay posadas a lo largo de ellas donde esos mercaderes suelen detenerse.

En la plaza reinaba el silencio. Finalmente, Uther lo rompió preguntando:

—Lady Arthuria, ¿sugerís medidas económicas en lugar de luchar?

—Sí, Vuestra Majestad. Las medidas económicas pueden parecer indignas para los caballeros y guerreros nobles, pero, en mi opinión, siguen siendo mejores que la devastación de tierras y la muerte de personas que producen las guerras —replicó ella—. Los señores y damas feudales deben entender que también a ellos les interesa llevar el reino a la prosperidad. Por el contrario, las agitaciones civiles no benefician a nadie. Pues las guerras tradicionales con su uso de armas se llevan muchas vidas e inevitablemente conducen a la devastación de tierras y la pérdida de todo o parte de las cosechas. El ejército también supone gastos para el tesoro. Así que podemos decir con total confianza que las guerras tradicionales producirán aún más daño que las sanciones económicas.

La gente reunida en la plaza pensaba que, por desgracia, muchos adultos conocían bien la guerra. Uther había gobernado Camelot durante mucho tiempo y su reinado había sido próspero para los patrones locales: la última guerra se había producido quince años antes. Entonces, uno de los señores se había aliado con los mercenarios sajones.

El ejército de Uther estaba bien equipado y entrenado. Fueron capaces de sofocar la rebelión. Pero cayeron muchos soldados valientes. Entre ellos estaba el primer marido de la reina Igraine, el duque Gorlois. Por eso la reina era de la opinión de que no debía permitirse a los vasallos «relajarse».

—Bueno, entiendo lo que queréis decir, lady Arthuria —dijo Uther tras una pequeña pausa—. Continuemos con las preguntas. ¿Qué haríais para aumentar el rendimiento de los campos?

—Tal vez usaría un sistema de dos campos, tres campos y múltiples campos.

—El sistema de dos campos se conoce aquí, pero habladnos de los tres campos y los múltiples campos.

—Con vuestro permiso, empezaré con el de los tres campos. Este método es similar al de los dos campos. Mientras una parte de la parcela «descansa», dos partes más de ella se siembran con cosechas de invierno y primavera…

Arthuria y el rey Uther hablaron largo rato. A veces, Lancitel y Marilyn entraban en el diálogo. La gente reunida en la plaza escuchaba con asombro los discursos de las extrañas «muchachas de Fair Folk».

La reina Igraine y Morgause empezaron a sentirse incómodas. Pero trataban de controlarse, reafirmándose mentalmente: «¡Son extranjeras! ¡Además de ser cantantes viajeras! ¡Y ellas mismas han dicho que solo quieren encontrar una patrona! ¡Ninguna será reina! ¡Además, es imposible que sean capaces de sacar a Caliburn de la piedra! ¡No pueden hacerlo ni siquiera guerreros fuertes y experimentados!».

… Uther y las «cantantes viajeras» tuvieron una larga conversación. Por fin, el rey, bastante satisfecho con los resultados de esta, dijo:

—¡Bien! ¡Excelente! ¡Ya entiendo! Sigue quedando la última parte del Juicio: ¡sacar la espada de la piedra!

—Con el debido respeto, Vuestra Majestad, solo queremos encontrar una patrona… —repuso tímidamente Arthuria.

—Sí, lo entiendo. Pero soy el rey y no puedo quebrantar mi palabra real. Y vosotras, como participantes en el Juicio, debéis intentar con todas vuestras fuerzas pasarlo con dignidad. Aunque no queráis el trono, debéis también intentar sacar la espada de la piedra.

—¿Y si la sacamos? —preguntó tímidamente de repente Marilyn

Arthuria y Lancitel ya habían advertido que su amiga estaba mirando a la piedra donde estaba Caliburn de un modo extraño. Entendieron que estaba tramando algo. ¿O había entendido algo?

—Um, tal vez sea verdad que si mostramos nuestras mejores habilidades, nuestras posibilidades de encontrar una patrona aumentarían enormemente… —dijo pensativamente Marilyn.

Pero pensó para sí: «O tal vez si una de nosotras consigue convertirse en reina, eso sería un resultado aún mejor. Porque a una patrona hay que agradarla siempre y nos puede dar la patada en cualquier momento… ¡Bueno! ¡Decidido! ¡Si lo he entendido correctamente, entonces Arthuria o Lancitel podría convertirse en reina y yo me ganaré una reputación como una hábil maga! ¡De todos modos, yo no puedo ser la reina, pero gracias a mis habilidades de interpretación y matemáticas, me convertiría en una buena "maga"! ¡Sí, eso haré!».

—Vuestra Majestad, con vuestra venia, me gustaría llevar a cabo un ritual de purificación y alabanza, tradicional en nuestras tierras, antes de intentar sacar la espada de la piedra —dijo en voz alta.

—Sí, lady Marilyn, por supuesto —replicó el rey.

Arthuria y Lancitel se miraron, sin entender aún qué quería hacer exactamente su amiga. «Bueno, está estudiando para ser actriz, así que probablemente va a hacer algo espectacular… Pero ¿para qué?», pensaron.

Y así resultó. Marilyn, dando las gracias a Uther, se dirigió a la espada en la piedra. Sacó su abrigo de fantasía de su mochila (era parte de la ropa para el escenario, así que no estaba en la maleta con el resto de la ropa), se lo puso y se quedó parada junto a la piedra. La muchacha empezó a tararear una extraña melodía, toco la superficie de la piedra como si presionara y moviera algo. Era difícil de apreciar: se levantaba continuamente, de forma que el abrigo ocultaba sus acciones al público.

La gente reunida en la plaza estaba claramente impresionada. Arthuria y Lancitel solo pensaban: «¡Qué aburrimiento! ¡Está actuando con un típico mago de una historia de fantasía!».

Cuando Marilyn acabó de «llevar a cabo el ritual de purificación y alabanza, tradicional en sus tierras» dijo:

—¡Ahora trataré de sacar la espada de la piedra!

Y empezó a esforzarse por sacar la espada. ¡Resoplaba mientras trataba de sacarla al menos unos centímetros! En definitiva, Marilyn hizo un gran esfuerzo.

Por fin, al acabar su intento, se alejó de la piedra y dijo:

—¡Por desgracia, los espíritus de la naturaleza, a los que he convocado durante el ritual de purificación y alabanza no han respondido a mi llamada! Pero siento claramente su presencia... Vuestra Majestad, ¿pueden Arthuria o Lancitel tratar de sacar la espada?

—Por supuesto, ya que las tres estáis participando en el Juicio Real —contestó Uther.

—¿Quién va a ir primero? ¿Tú o yo? —preguntó Lancitel.

Estaba abrumada por las dudas. Una extraña premonición. La parecía que Marilyn estaba ocultando algo.

Arthuria no entendía qué dudas tenía su amiga. Así que se ofreció a ir primera:

—¡Déjame! ¡Dudo que pueda hacerlo, pero voy a probar!

Y la muchacha se dirigió a la espada en la piedra. Tocó su empuñadura y pensó: «Bueno, voy a hacer un esfuerzo por decencia, aunque sin duda no podré sacar a Caliburn. Y aunque pudiera, no lo necesito: ¡no quiero convertirme en reina de Camelot!».

Arthuria tiró de la empuñadura de la espada. Hubo un ligero sonido metálico y un crujido y... Caliburn salió fácilmente de la piedra.

—¿Qué? —Arthuria se quedó con los ojos como platos, tratando de entender qué había pasado.

—¿Qué? —Uther se quedó con los ojos como platos, incapaz de creer lo que veía.

—¿Qué? —dijeron a la vez Igraine y Morgause, sintiendo escalofríos.

—Parece que los espíritus de la naturaleza han enviado su bendición a Arthuria —dijo Marilyn con una mirada inocente y sorprendida.

—¿Cómo? —Lancitel no lo entendía y miraba a su amiga con asombro. Parecía ser la única en la plaza que estaba sorprendida, no por el hecho de que Arthuria hubiera sacado la espada, sino por el hecho de que Marilyn «llevara a cabo algún tipo de ritual que la ayudara a hacer eso.

—¿QUÉ? ¿CÓMO ES POSIBLE? —gritó la gente de la plaza, dándose cuenta por fin de lo que veían.

—Es cierto, ¿cómo es posible? —dijo Arthuria, mirando la espada en sus manos con los ojos muy abiertos por el asombro...

Estaba claro que no iba a haber una vida tranquila en la Singularidad 20-01...

Continuará...

Editorial Tektime

www.tektime.it